APRÈS L'AMOUR

PAR

LOUISE D'ISOLE

PARIS

ALPHONSE LEMERRE, ÉDITEUR

Passage Choiseul, 47

—

1867

APRÈS L'AMOUR

PARIS. — TYPOGRAPHIE ALCAN-LÉVY,
boulevard de Clichy, 62.

APRÈS L'AMOUR

PAR

LOUISE D'ISOLE

FAC ET SPERA

A L

PARIS

ALPHONSE LEMERRE, ÉDITEUR

Passage Choiseul, 47

—

1867

Voici un nouveau volume de l'auteur de Passion. *Le public a accueilli le premier avec une faveur particulière; il reconnaîtra dans celui-ci les qualités qui l'ont ému : Même élan, même sentiment inspiré, même oubli de tout ce qui n'est pas la passion dont vit cette âme agitée, mêmes images neuves, jamais cherchées et qui jaillissent inattendues, preuve que la vraie poésie est dans le sentiment; l'émotion invente sa langue, la passion crie avec des expressions vivantes comme elle.*

APRÈS L'AMOUR ! *la passion n'est pas épuisée;
au contraire,—cette femme aime encore, quand
chez lui l'amour est passé. Elle vit de souvenir,
de ressentiments, de* désespérance, *comme elle
dit, et de haine, et tout cela est de l'amour.*

*De là, une forme nouvelle : ne possédant
plus le présent, elle se réfugie dans le passé;
elle songe, elle revoit, elle suppose, elle
imagine, elle invente. Voilà pourquoi ce
nouveau volume contient des légendes, des
rêveries, petits poèmes par lesquels, se ramenant
sur lui-même, le cœur peint en vives images
ce qu'il désire, regrette, craint, souhaite ou se
rappelle; il prolonge ainsi sa torture, son
amour, son bonheur.*

*Vous entendez des cris d'un désespoir qui
touche, et qui fait espérer pour elle; car,
demandant et priant avec tant de force, elle a
mérité d'être exaucée :*

« Seigneur, écoute-moi ! Seigneur, je te demande

. . . .

Une heure seulement, rien qu'une heure de vie
Pour une vie entière et de pleurs et d'espoir !

Il semble que ce soit impossible, et pourtant c'est vrai, il y a plus de passion *encore que dans le volume dont le titre est ce mot de feu. A certains moments, on s'effraie, on s'attriste, on est peiné. (Lisez :* Haine et Amour, Convalescence, *etc.) — Quel bouillonnement en cette âme ! quels tourments ! quelle violence ! quels soulèvements ! On se dit :* C'est une grande âme et un vrai poète !

E. L.

AMITIÉ

A M. EUGÈNE LOUDUN

Tous vos dieux sont les miens, vous aimez ce que j'aime,
Nos espoirs sont pareils, notre doute est le même ;
Où vous le signalez, je vois aussi le mal,
Et nous marchons tous deux vers le même idéal.
Quand j'écris, je ne sais, tant l'un sent comme l'autre,
Si la page tracée est mon œuvre ou la vôtre ;
De ces vers fraternels je vous rends la moitié,
Et sur l'humble fronton j'inscris notre amitié.

VICTOR DE LAPRADE.

Quand la jeunesse fuit, l'amitié d'une femme
Est profonde et suave, elle touche à votre âme
Comme le chaud rayon touche les nids d'oiseaux,
Comme la brise en mai caresse les roseaux ;

Le duvet du fruit mûr est respecté par elle :
Tel que le papillon craint d'effleurer son aile
Au contact parfumé du calice des fleurs,
La candide amitié conserve ses couleurs.
Chaste, pure toujours... elle entre dans votre âme
Comme une mélodie; un doux ravissement
Se fait sentir alors, mais son souffle et sa flamme
Ne peuvent rien ternir de divin en aimant.
Elle emprunte à l'amour des traits de ressemblance;
L'immensité d'un lac fait songer à la mer :
Même eau bleue, et parfois la même transparence.
Ce qui fait distinguer le lac du flot amer,
C'est qu'il ne connaît pas les vagues furibondes,
C'est qu'au calme éternel il semble initié,
C'est qu'on y voit le ciel jusqu'au fond de ses ondes !
L'Océan, c'est l'Amour ! le Lac, c'est l'Amitié !

LA SŒUR DE L'ABSENT

CHANT BRETON

La Lande est froide, la nuit sombre,
La brume s'épaissit encor,
Et l'on voit passer comme une ombre
La sœur du baron de Kergor.

Comme une hirondelle attardée
Passe et repasse mille fois,
En cherchant en vain sous l'ondée,
Les hôtes envolés des bois ,

Elle écoute un instant, s'arrête,
Regarde au détour du chemin,
Puis revient en baissant la tête,
Le front appuyé sur sa main.

« Voici la douzième année,
Qu'ici je reçus votre adieu,
Et la fin de chaque journée,
Mon frère, me trouve en ce lieu.

C'est là que, suivant votre trace,
Je vous ai serré dans mes bras,
Puis, immobile à cette place,
Je perdis le bruit de vos pas.

Le soir, le canon vint à bruire
Sous Notre-Dame de l'Armor,
C'était le départ du navire
Qui portait Alain de Kergor !

Ce bruit sinistre, dans mon âme,
Souleva des flots de douleur,
Comme ces vagues que la rame
Va troubler dans leur profondeur.

A l'anniversaire, un dimanche,
Revenant des vêpres le soir,
J'aperçus une forme blanche
Monter le chemin du manoir.

Était-ce un funèbre présage ?
Pour appeler j'étais sans voix,
J'entendais comme un bruit d'orage
Aux quatre chemins de la Croix !

Enfin, après trois ans de peine,
D'inquiétudes et de pleurs,
Je vins commencer la neuvaine
Devant Notre-Dame des Fleurs.

Du pays c'est l'antique usage,
Et tant que le cierge luit,
C'est, dit-on, bien mauvais présage,
De rêver aux absents la nuit !

Moi, pendant toute la neuvaine,
Je vis passer le goëland,
Je cueillis, près d'une fontaine,
Des feuilles de l'herbe Saint-Jean.

Le soir j'en parsemai ma couche,
Pour que les esprits de la mer
Ne vinssent pas, d'un cri farouche,
Épouvanter mon rêve amer !

Tant que le doute nous assiége,
Le plus fol espoir est un bien,
J'essayai charme, sortilége,
A présent je ne fais plus rien...

Mon âme s'est enfin lassée
De compter les jours révolus,
Il me passe dans la pensée
Que vous ne vous souvenez plus !

Dieu nous créa pour être mère,
Les hommes ont bien moins de cœur !
Il est donc possible qu'un frère
Au loin puisse oublier sa sœur ?

Que faites-vous dans ces contrées ?
Qui vous retient, l'onde ou les cieux ?
Des chaînes peut être adorées,
Peut-être une femme aux doux yeux ?

Des bois d'orangers, des savanes,
Peut-être, indigne d'un Kergor,
Suivez-vous quelques caravanes
Livrant des âmes pour de l'or !

Depuis douze ans je vous appelle !
Dans l'air parfois j'entends un glas,
Pas de lettres, pas de nouvelle !
J'ai laissé se fermer mes bras !

Le vent jette par intervalles
De blancs flocons sur notre toit,
Et puis va souffler ses rafales
Dans les rameaux rougis de froid.

Je ne sens plus cette froidure,
Et lorsque revient le printemps,
Pour moi, dans la jeune verdure,
Rien ne chante depuis longtemps !

Je vois les lichens et les mousses
Aux vieux troncs naître sans effort,
Afin de leur rendre plus douces
Les heures qui sonnent la mort.

Ces plantes pansent les blessures
Des pauvres arbres dépouillés,
Couvrant de leurs chaudes parures
Des bras sans retour effeuillés.

Et moi, quand vient la saison rude,
Je sens, dans le brouillard profond,
Au souffle de l'inquiétude,
Tomber les cheveux de mon front.

Pour remplacer mes blondes tresses,
Où trouverai-je la chaleur ?
Quelles ineffables tendresses
Consoleront mon pauvre cœur ? »

. . . .

II

Je serai celui qui console,
Dit alors une jeune voix
Avec ce doux accent créole,
Qui chante et soupire à la fois.

Est-ce l'ange de la prière,
Ce bel enfant aux cheveux d'or,
Dont la ceinture en bandoulière,
Porte l'écusson de Kergor ?

Pauvre petit ! d'un long voyage,
A l'Armor débarqué ce soir,
Un vieux marin de l'équipage
Le mit aux portes du manoir.

« J'arrive d'une île étrangère,
« J'ai joué, dormi sur les flots ;
« On dit que j'ai perdu ma mère,
« En partant j'entendis ces mots :

« Mon fils, celui qui t'accompagne,
« Avec le ciel, te conduira
« Dans un vieux château de Bretagne,
« Où ma bannière flottera !

« Là, tu verras, me dit mon père,
« Une femme en pleurs, belle encor,
« Tu lui diras : soyez ma mère !
« Je m'appelle Alain de Kergor ! »

. . . .

Elle jette un cri, la Bretonne,
Tombe sur ses genoux tremblants,
En serrant l'enfant qui s'étonne...
Et qui, sous ses baisers brûlants,

Sent le jour luire dans son âme :
C'est vous, dit-il, qui m'aimerez!
C'est vous, la triste et belle dame,
Je vous reconnais : vous pleurez !

LA POÉSIE

A MADAME BLANCHECOTTE

La jeune et belle poésie,
Me parlant d'un ciel enchanté,
Disait : « Pour toi que j'ai choisie,
« Vois quelle est ma fidélité :

« Quand tu voyais avec tristesse
« Passer tes jours décolorés,
« Moi, d'une éternelle jeunesse,
« J'apportais les rêves dorés.

« Tu disais : j'ai vu fuir l'aurore,
« Mourir les roses de l'été!
« Ma voix te répondait encore,
« O femme, je suis ta beauté !

« Lorsque mon feu divin t'anime,
« Tu redeviens belle toujours,
« Suis-moi sur la plus haute cime,
« Tu verras encor les beaux jours.

« Quand d'ingrats amis s'éloignèrent,
« J'accourus pour te consoler,
« Aussitôt les larmes cessèrent ;
« Honte à qui les a fait couler !

« Pendant tes longues insomnies,
« Je sus te bercer de mes chants,
« A mes suaves harmonies
« Tu mélais tes regrets touchants.

« Après les larmes d'une année,
« Ton âme s'éveillait un jour ;
« Comme aux ténèbres condamnée,
« C'était l'éclipse de l'amour !

« Je m'approchai de ton visage,
« Mes rayons vinrent t'enflammer ;
« En t'embrassant je dis : courage,
« Ma sœur, tu peux encore aimer !

« Mais de plus cruelles alarmes
« T'amenèrent le désespoir ;
« Encor tout baignés de tes larmes,
« Tes fils te quittèrent un soir !

« Ils sont partis, tournant la tête
« Vers l'adieu que ta voix jeta,
« Et puis, comme un flot de tempête,
« La distance les emporta !

« Sans mouvement, comme une morte,
« Tu restas les deux bras tendus ;
« La douleur était la plus forte,
« Un instant je n'espérai plus !

« Les yeux fixés sur ta poitrine,
« Tu dis en ta sombre stupeur :
« Je ne sens plus là qu'une épine,
« Ils ont emporté tout mon cœur.

2

« Me jetant dans tes bras de mère,
« Je m'écriai : je suis ici,
« Tu n'es plus seule sur la terre,
« Ne suis-je pas ta fille aussi ?

« Avec toi, sans craindre personne,
« Aux jours mauvais, sous les frimas,
« Si Dieu lui-même t'abandonne,
« Je ne t'abandonnerai pas.

« Ta foi pâlit, le sombre doute
« T'obsède et te suit en tout lieu ;
« Va sans frayeur, poursuis ta route,
« Moi je te parlerai de Dieu.

« Sur la couche de la souffrance,
« Lorsque viendra ton dernier jour,
« Je dirai : je suis l'espérance,
« Annonçant le divin Amour.

« Aux rêves de ce monde étrange,
« Viens fermer ton cœur et tes yeux ;
« La mort attend, et je suis l'ange
« Qui doit t'emporter dans les cieux ! »

L'ABIME

A M. J. T. DE SAINT-GERMAIN

Heureux et fier de sa jeunesse,
Il va chantant par le chemin,
Oubliant les jours qu'il délaisse,
Insouciant du lendemain.

Il dit en son jeune courage,
Et relevant son front hardi :
Escaladons ce pic sauvage,
Qui dresse sa crète au midi !

Pendant bien des heures il monte,
Franchissant les aspérités ;
Et sur les sommets qu'il affronte,
La mort veille de tous côtés.

L'éclair brille en trait d'écarlate,
Le torrent mugit plein d'effroi ;
Le vent souffle et la foudre éclate,
Quand Dieu lui dit : « Ecoute-moi !

Reste là, sur l'étroite cime,
Penche ton front, dit le Seigneur,
Vois, sonde l'horreur de l'abîme,
Et réponds-moi, fils, as-tu peur ? »

Le mortel se penche en silence,
Le rocher va fuir sous ses pas,
Il regarde l'abîme immense
Et répond : Je ne tremble pas !

II

Au fond d'un vallon solitaire,
Séjour de quelques exilés,

C'est le même homme, et le mystère
Couvre ses beaux jours envolés !...

Il n'a plus rien de sa jeunesse,
Il n'attend rien de l'avenir,
Mais il semble lutter sans cesse,
Contre l'ombre d'un souvenir.

Le front dans les mains il frissonne,
Ah ! se dit-il, quittons ce lieu ;
L'éclair luit, la foudre résonne,
J'ai peur d'entendre encore Dieu !

Une voix lui dit du nuage :
« Regarde en toi-même !» — Seigneur,
Pitié ! je n'ai pas le courage
De voir l'abîme de mon cœur !

LE GUIDE

J'allais, suivi d'un guide, à la montagne verte ;
Des chants joyeux montaient vers la cime déserte,
Dans la plaine la joie avait un libre essor.
De jeunes laboureurs se rendaient à la fête,
Puis des femmes passaient, en portant sur la tête,
Comme un bandeau romain le sermalice d'or (1),
Et le long voile noir abritant sur les hanches
Les corbeilles d'oiseaux et les colombes blanches.
Plus haut, de grands troupeaux, de splendides lointains,
Des bois qui nous jetaient l'arôme des sapins.
Mais voilà que bientôt tout s'efface et se voile,
Le soleil disparaît sans laisser voir l'étoile ;

(1) Coiffure des femmes du village de la Tour, en Auvergne.

Le brouillard s'épaissit et se répand dans l'air,
Je crois me réveiller au milieu de la mer.

Puis le sentier tournant présente, en sa courbure,
Comme une immense coupe aux bords ornés de fleurs.
Qu'existe-t-il au fond? une fraîche verdure?
Les flots du lac dormant aux sombres profondeurs?
Nul ne peut le savoir! Collines, orifices,
Le brouillard envahit jusques aux précipices.
Et je fus pris alors du désir ingénu,
A la coupe sans fond d'aller poser ma lèvre,
Pour y boire à longs traits comme on boit dans la fièvre,
Y boire l'infini, l'immense, l'inconnu!
Lorsque mon compagnon sur le bord de l'abîme
S'élance, et dans un cri qui détourne mes pas,
Me dit : marchez toujours, et n'y regardez pas!...
Son œil fauve était fier, son port hautain, sublime;
Dans mon étonnement je m'approchai de lui :
« Quelle inspiration sur votre front a lui !
Vous me semblez monter pour fuir ces chants de fête?
En quels temps, en quels lieux avez-vous vu le jour?
Je lis sur votre front des traces de tempête?
Comprenez-vous la voix de l'aigle et du vautour ?

Sur les dangers secrets qui vous éclaire? » Un ange,
Reprit-il d'un accent brisé, mais presque doux.
Une larme tomba. « Parlez, où souffrez-vous?
Dites-moi votre mal? » Alors cet homme étrange
Mit la main sur son cœur et répéta plus bas :
Marchez, marchez toujours, et n'y regardez pas !

YVONNE

A M. LE MARQUIS DE LAINCEL

Le mois de mars sur la colline
Sourit de son premier soleil,
Tout le rivage s'illumine :
Vivons, c'est l'heure du réveil !
Les chansons de chaque nacelle
Répondent aux coups d'aviron,
Le flux monte et le flot ruisselle,
Plus de balise et de jalon !
Déjà les brillantes aloses
Chargent le filet des pêcheurs,
Les prés sont verts, les buissons roses,
Tous les tamarins sont en fleurs !

C'est le printemps, disait Yvonne.
Les yeux fixés à l'horizon,
C'est lui qui chante et qui rayonne,
Lui qui parfume le gazon.
Le voilà portant sur ses ailes
Des fleurs au sommet de la tour.
Pourquoi, vers nos plages si belles,
Ne ramène-t-il pas l'amour ?
Et dans ses paupières mi-closes,
Pendant qu'elle retient des pleurs,
Les prés sont verts, les buissons roses,
Tous les tamarins sont en fleurs.

Le soleil, perdu dans le fleuve,
Y laisse longtemps ses clartés.
Mais n'en faites jamais l'épreuve !
Dès que l'amour nous a quittés,
Comme un sépulcre qui se ferme,
Et de nos bras trompe l'effort,
L'heure fatale arrive au terme,
L'ombre est complète, c'est la mort !
Femme, rappelle, si tu l'oses,
Cet astre aux brûlantes ardeurs;
Les prés sont verts, les buissons roses,
Tous les tamarins sont en fleurs.

Loin des rameurs la triste Yvonne,
Sur la barque appuyant son front,
Voit un nénuphar qui rayonne,
Parmi les roseaux et le jonc.
Chaste fleur, promets-moi, dit-elle,
De me couvrir dans mon cercueil,
Sois ma couronne d'immortelle!
Elle est tombée en un clin d'œil!
Aux vagues muettes et closes.
En vain la cherchent les pêcheurs :
Les prés sont verts, les buissons roses,
Tous les tamarins sont en fleurs !

DÉCOURAGEMENT

La nuit me fait trembler, le jour blesse ma vue,
Le présent me fait mal, ce long rêve me tue ;
Pourquoi marcher toujours ? pourquoi sitôt vieillir ?
Ne verrai-je jamais le printemps refleurir ?

Non, dans une cruelle et longue inquiétude,
Je demande au désert sa vaste solitude,
Là, sans aucun lien et vivant sans effort,
J'ouvrirai sans pâlir les ailes de la mort.

Car mon âme abattue et par l'effroi saisie
Tressaillerait encor sous un rayon d'Asie ;
Il me semble surtout qu'expirant dans ce lieu,
Mon âme plus brûlante irait plus vite à Dieu.

Mais, lorsque je succombe au dégoût qui m'accable,
On me dit que les pleurs me rendent plus coupable,
Que le mal doit guérir par notre volonté,
Que souffrir plus longtemps est une lâcheté.

Seigneur, puniras-tu par plus de maux encore,
Ce désir impuissant qui toujours me dévore ?
Si le sort m'est fatal, puis-je le défier,
Souffrir, même en pleurant, n'est-ce pas expier ?

Dans mes champs de projets j'ai vu tomber la hache,
Dès que renaît l'espoir, une main me l'arrache !
En vain vers l'avenir je tends mes bras sanglants,
Je veux aimer encore, et mes cheveux sont blancs !

APRÈS L'AMOUR

Il ne devint plus qu'un ami,
Puis étranger dans la famille,
Un jour enfin, la jeune fille
Me disait : « l'aimais-je à demi ? »

Mais pourquoi donc cette pervenche
Se penche-t-elle vers ton sein,
Et cette marguerite blanche
S'effeuille-t-elle dans ta main ?

Tu le sais, il aimait ces roses
Au feuillage pâle et mousseux ;
Ces pervenches à peine écloses,
Pour lui seul ornaient tes cheveux.

Il préférait cette romance,
Et tu la chantes aujourd'hui,
Est-ce encore une souvenance,
Un parfum, un rêve de lui ?

Tu rougis à ces mots : « Expliquez-moi ces choses,
Vous m'avez révélé d'étranges sentiments ;
Pourquoi ces fleurs d'azur, et ces chants et ces roses
Me causent-ils ainsi de longs ravissements ? »

Tu les aimais pourtant d'un amour moins intense,
Moins ardent que celui qui remplissait ton cœur,
Mais ces objets étaient des gages d'espérance,
Tu les voyais toujours sourire à ton bonheur.

Leur aspect pour le cœur est toujours plein de charmes;
Souvenirs de l'enfance, ou bien rêves plus doux,
Les choses et les lieux savent trouver nos larmes,
Tant leur nature, hélas! s'identifie à nous.

Ils émeuvent encor quand des heures fatales
Ont laissé notre cœur semblable au pré fauché ;
Ne voit-on pas longtemps aux terres boréales,
Briller le crépuscule après l'astre couché?

II

LA JEUNE FILLE

Lorsqu'un sourire involontaire
Effleurait ma lèvre à son nom,
Lorsqu'en apercevant sa mère,
J'éprouvais comme un doux frisson,

Qui m'eût dit, oh! mon Dieu, que le cours d'une année
Emporterait bien loin ce rêve de bonheur,
Comme la marguerite, à peine couronnée,
Effeuille au vent du soir sa languissante fleur !

Se peut-il qu'au jour où nous sommes,
Mon œil distrait, s'ouvrant sur toi,
Croit voir encore un de ces hommes
Qui vont et passent devant moi!

Il me semble sortir d'une caverne obscure ;
Tout est autour de moi changé, vif, imprévu,
Le grand jour sur mes yeux produit une blessure,
Je te regarde, et crois ne t'avoir jamais vu!

Est-ce une ombre de la souffrance,
Produite par le souvenir?
Est-ce le charme qui commence,
Ou le rêve qui va finir?

Hélas! mon Dieu, si c'est un rêve,
Il est pâle et bien effacé,
Est-ce un fantôme qui se lève,
Dans le grand linceul du passé?

As-tu changé mon cœur? non! toujours le cœur aime,
Il tressaille et ressent des transports inconnus!
Ah! je comprends, lui seul a dû rester le même,
Il cherche le même être et ne le trouve plus!

3.

REPROCHES A UN POÈTE

Quand vos salons brillaient inondés de lumière,
Quand de nombreux amis la foule s'y pressait,
Versant l'enthousiasme avec leur âme entière,
Dans votre cœur ému, que la joie oppressait,
Moi je veillais aussi près d'une jeune fille,
Dont les regards mourants étaient remplis d'effroi,
La malheureuse enfant, de toute sa famille,
Il ne lui restait plus que des tombeaux et moi !
Je voyais comme une ombre errer dans sa pensée;
A chaque bruit son cœur semblait battre plus fort,
Puis avec une larme... hélas ! l'heure est passée !
Ah ! ce qu'elle attendait n'était donc pas la mort ?
Je m'approchai, la lampe était près de s'éteindre ;
M'interrogeant alors de son regard aimant,

Elle dit d'un regard impossible à vous peindre,
Ne pourrais-je *le* voir un instant seulement !

Peut-être, en ce moment, vos accents pleins de flammes,
Mais auxquels fut toujours étranger votre cœur,
Leur répétaient ces mots dont s'enivrent les femmes,
Amour, déception, liens brisés, langueur ;
Et toujours, poursuivant votre image adorée,
Son agonie encor répétait votre nom.
Quand on applaudissait votre muse inspirée,
Sa voix sur votre tête appelait le pardon.
Puis je crus qu'elle allait se lever toute roide :
Je saisis ses deux mains, elle était déjà froide ;
J'entendis un soupir, un râlement confus...
Hélas ! la pauvre enfant ne vous attendait plus !

. . . .

Mourir à dix-sept ans, si naïve, si tendre !
Oh ! vous devez avoir un poids affreux au cœur.
Peut-être hier encore auriez-vous pu lui rendre
La vie éteinte, en elle, à défaut de bonheur !
Je crois l'entendre encor sur la verte terrasse,
Essayant, à ma vue, un sourire bien doux,

M'appeler de la main pour parler, à voix basse,
De chagrins, d'espérance, enfin toujours de vous !
Dans les beaux soirs d'été, rêvant au bord de l'onde,
Quand des oiseaux de mer nous regardions l'essaim,
Que de fois, oh ! mon Dieu ! sa pâle tête blonde,
Pour pleurer sans témoin se pencha sur mon sein !
Je voudrais, disait-elle, être belle entre toutes,
Afin qu'un seul instant son œil pût m'admirer ;
Je voudrais être l'arbre ou le buisson des routes,
Lorsque dans nos sentiers j'entends ses pas errer.
Je voudrais être encor son ombre palpitante,
L'étoile ou le rayon qui dans son œil a lui,
L'infortuné vieillard, la pâle mendiante,
Qui demande et reçoit une aumône de lui !

.   .   .   .

N'avais-tu donc jamais compris cette jeune âme !
Ton esprit orgueilleux voyait-il dans la femme
Ces boutons du printemps, ces roses de l'été,
Que prend au buisson vert ta main froide et distraite,
Et puis que ton ennui flétrit, effeuille et jette,
Lassé de leur parfum comme de sa beauté ?
Mais ce souffle divin, cette pure étincelle,

Crois-tu donc à ton gré l'éteindre ou l'allumer ?
La vie est à Dieu seul ! opprobre, honte éternelle
Au poète sans cœur, à la muse infidèle,
Qui sut chanter l'amour, et ne sut point aimer !

HAINE ET AMOUR

Où sont-*ils* maintenant ? ah ! le beau clair de lune !
Où suis-je? ai-je rêvé ? je tremble, est-ce de froid ?
Quelle est l'heure ? Minuit!... Peut-être dès la brune,
Au bal *ils* sont ensemble; oh ! ma douleur s'accroît !
Que mon cœur est serré ! j'ai peut-être la fièvre;
Je frissonne, et pourtant le feu brûle ma lèvre !
Si je pouvais pleurer ! Ils ne me verraient pas !
C'est elle, elle surtout qui s'attache à mes pas,
Qui me poursuit partout ; c'est elle, cette femme,
Qui dans l'ombre vivante ensevelit mon âme !
Dès qu'un pâle rayon sur mon cœur avait lui,
Son souffle l'éteignait, et maintenant je pleure.
Vengeons-nous! car je sens redoubler, à cette heure,
Et ma haine pour elle, et mon amour pour lui !

. . . .

Tu triomphes, déjà tu me crois froide et morte !
Prends garde au feu qui couve ! Oh ! si je te voyais !
La mourante, vois-tu, parfois est la plus forte !
Femme, je vis encore, puisque encor je te hais !

J'appelle ! nul écho ! l'immensité, le vide !
Il me faudrait le bruit, le mouvement rapide,
Des rayons de juillet pour ranimer mes sens !
Je n'ai que de mes maux les souvenirs récents ;
Et rien ne combattra cette horrible pensée !
Elle attaque et grandit sans être terrassée ;
Contre moi chaque jour augmente sa vigueur,
Encore un pas, son glaive aura touché mon cœur !

. .   .   .

Que tu me semblais beau dans cette heure suprême !
Dis-moi, te souviens-tu de m'avoir dit : Je t'aime !
Te souviens-tu, dis-moi, d'avoir pressé ma main ?
Mais non, tu l'oubliais, hélas, le lendemain !
Que me donneras-tu, pour ma longue souffrance ?
Pour les ennuis d'une âme échappée à l'enfance,
Pour mes jours de bonheur envolés à jamais ?
Rends-moi, rends-moi mon cœur et sa première paix !

On applique le feu sur la vive blessure
Quand on croit le venin passé dans la morsure ;
Dans mes veines aussi s'infiltra le poison !
Si tu ne peux guérir la plaie encor saignante,
Il me faut mes beaux jours, ma vie insouciante,
Arrache-moi le cœur ou rends-moi ma raison !

Mon Dieu ! comme j'ai froid ! comme la lune est pâle !
Que je voudrais sentir un rayon pur et chaud !
Mais la lampe des nuits seule, par intervalle,
Projette ses lueurs sur le champ des tombeaux !
Je sens faiblir ma voix et se pencher ma tête.
Qu'entends-je ? est-ce un torrent, le bruit de la tempête ?
Plus rien dans ma pensée !... Oh ! quand viendra le jour ?
Affreuse vision ! là, je vois là, deux ombres
Qui dévorent mon cœur ! Leurs yeux cruels et sombres
Ont le regard sanglant du terrible vautour :
Ah ! je les reconnais ! c'est la Haine et l'Amour !

MORTE!

Le front enveloppé d'une fine dentelle,
Sur sa couche funèbre elle semble encor belle;
Un rosaire en corail étincelle en sa main,
Le soleil qui décroît la verra-t-il demain?

Je l'ai connue enfant, elle était orpheline,
Sa mère, on le disait, mourut de la poitrine;
Je la faisais souvent asseoir sur mes genoux,
En couvrant de baisers ses yeux tristes et doux.

Au retour d'un voyage, après huit ans peut-être,
Dans une église, un jour, je crus la reconnaître :
Son front s'était penché pour écouter un chant;
Elle sortit rêveuse, et je vis qu'en marchant,

4

Son œil sombre et navré, tout au fond de la rue
Semblait chercher une ombre à jamais disparue ;
Quand pour la consoler, le soir je vins ici,
Dans un embrassement elle me dit : Merci !
Mais, malgré sa pâleur et sa morne souffrance,
Je n'entendis jamais aveu ni confidence ;
Elle me paraissait ne plus rien espérer,
Et pleura devant moi tant qu'elle a pu pleurer !

Plus de larme à présent, presque plus de pensée ;
Elle ne souffre plus, elle est presque glacée !
De son regard fiévreux l'étincelle pâlit,
Le médecin murmure en s'éloignant du lit.
Comment chercher à vaincre un mal héréditaire ?
La pauvre enfant en meurt comme sa jeune mère.
Non... Musset, le poète, a bien mieux dit un jour :
Une femme ne vit et ne meurt que d'amour !

IMPROVISATION

APRÈS AVOIR ÉCOUTÉ DES VERS DE LAMARTINE

En vain la nuit s'avance, une longue insomnie
A mon œil fatigué semble un jour de soleil.
Et d'accords expirants la lointaine harmonie,
Comme un dernier parfum, lutte avec le sommeil.
Je vous écoute encor, je reste là muette ;
Un étrange frisson fait trembler tout mon cœur ;
Et je me dis bien bas : La lyre du poète
A-t-elle fait vibrer ce souffle créateur ?
Car le frémissement de votre voix, madame,
Comme un sublime écho des cieux, des grandes mers,
Semblait, en ébranlant les fibres de mon âme,
En arracher aussi la perle et les éclairs.

Et vers vous s'élançait mon cœur de jeune fille,
Lorsque vous me parliez, avec des mots si doux,
De ces liens sacrés, souvenirs de famille,
De cette affection qui naquit avant nous !
De cette affection, éternel héritage,
Unissant tour à tour les pères, les enfants,
Comme on voit une étoile éclore avec chaque âge,
Et les fleurs d'amandier avec chaque printemps.

ERREUR

Je croyais que l'amour était une auréole
Qūi nous divinisait... un sublime penchant,
Une héroïque ardeur, un rayon, un symbole
Splendide et doux à voir comme un soleil couchant.

Mais loin de là, je vois se courber votre tête;
Vos yeux sombres du front augmentent la pâleur;
On lit sur tous vos traits des traces de tempête.
L'amour !! Mais sous quel nom a-t-il pris votre cœur ?
Est-ce le fier torrent qui renverse et ravage?
Est-ce l'ardent simoun qui vient ensevelir
Sous le sable embrasé, beauté, force et courage,
Ou le cruel vautour qui vous fait défaillir ?

4.

Voyez ! le noir sillon que dans votre âme il creuse,
Semble une fosse ouverte où sanglant vous dormez ;
C'est une immense plaie à peine lumineuse !
Oh ! ne me dites plus jamais que vous aimez !

ADIEU D'UNE MÈRE

A M. CH. DE SAINT JULIEN

> C'est une mère ravie
> A ses enfants dispersés,
> Qui leur tend de l'autre vie
> Ses bras qui les ont bercés.
> (LAMARTINE).

Le jeune oiseau s'enfuit des ailes maternelles
Quand sa voix peut chanter, quand sa plume grandit.
Hélas ! moi, pour toujours, je quitte avant leurs ailes,
Je quitte pour mourir mes oiseaux dans leur nid.

Qui donc viendra veiller sur cés êtres si frêles ?
Oh ! ne me pleurez pas, entendez-vous, enfants !
Non, ne me pleurez pas, car je vous le défends !
    Mon fils, pour l'amour de ta mère,
    Chéris et protége ta sœur.
Et toi, songe, ma fille, en regardant ton frère,
Que vous fûtes tous deux confondus dans mon cœur.
Venez à mon tombeau, quand fleuriront les roses,
Je sentirai la vie en écoutant vos pas ;
Approchez, effeuillez les fleurs les plus écloses,
Et, pour vous embrasser, moi, je tendrai les bras !
    Donnez au marbre de ma tombe,
    Et vos baisers et vos souris ;
Songez que de vos yeux une larme qui tombe
Brûle comme du feu mes ossements flétris.
Si près de vos berceaux faut-il que je succombe !
Oh ! ne me pleurez pas, entendez-vous, enfants !
Ne me pleurez jamais, car je vous le défends.
Ne pensez pas trop même à votre pauvre mère,
Ne vous rappelez pas comme elle vous aimait,
Car votre jeune cœur, trouvant la vie amère,
Perdrait comme un parfum le feu qui l'animait.

Je suis le chêne vert que le vent déracine,
A mes rameaux brisés pendent deux tendres fleurs.

Mourons sans qu'une plainte échappe à ma poitrine,
Plutôt qu'un seul instant voir pâlir leurs couleurs.
Oh! la mort dans mon sein plonge une ardente épine,
Je vous embrasse encore, adieu, mes chers enfants!
Adieu, ne pleurez pas, non, je vous le défends!

RÉSIGNATION

Non, tu n'aurais pas fui sans détourner la tête,
Si tu m'avais aimée, oh! tu n'aurais pas fui!
Tout à coup réveillée au sein de la tempête,
J'avais cru voir le jour; l'éclair seul avait lui!

Car tu ne fus pour moi que l'éclair, le fantôme,
Le songe plus fuyant qu'un nuage d'été,
Les ailes de l'oiseau, l'insaisissable arôme,
Le frisson de la feuille ou du lac argenté.

Et j'ai suivi de loin ta course si rapide
Sans un reproche amer, sans un seul cri d'appel,
Exhalant seulement, dans ma pensée aride,
Le suprême soupir d'un regret éternel.

Muette en mon amour, muette en ma souffrance,
Je penchai lentement la tête sur ma main,
Dévorant mes regrets, repoussant l'espérance :
Mes sanglots étouffés moururent dans mon sein.

REGRET D'AMOUR.

Oh! voir tant de rayons dorer ces flots d'opale!
Tant d'insectes, d'oiseaux dans cet air lumineux!
Tant de fraîches couleurs aux roses du Bengale!
Sentir tant de parfums et ne pas être heureux!

Qu'est devenu le temps où m'aimait Isabelle?
Où sa tremblante voix répondait à mes chants?
Où son regard voilé laissait une étincelle
S'échapper tout à coup de ses cils palpitants?

Dis, à quoi pensais-tu, lorsque sur mon épaule
Tes cheveux blonds cendrés déroulaient leurs anneaux?
Lorsque, laissant tomber ta couronne de saule,
Ton beau front s'inclinait sur le miroir des eaux?

L'amour apparaissait pur et brillant mirage,
Son délirant parfum sortait de notre cœur
Et nous enveloppait d'un transparent nuage,
Comme on voit la rosée envelopper la fleur !

LE CHASSEUR

Quand dès l'aube, en automne, on vous voit dans la plaine,
Le fusil sur l'épaule, et qu'un blanc lévrier
Bondit autour de vous ; quand une chaude haleine
Mûrit les grappes d'or et les fruits du sorbier ;
Quand les épis coupés, les feuillages humides,
L'âcre arôme du frêne, abri des cantharides,
Répandent sur les prés leurs étranges senteurs ;
Si vous voyez passer, en nuages chanteurs,
Ces oiseaux qui s'en vont, enivrés de tendresse,
Vers le soleil brillant d'Italie ou de Grèce,
Oh ! laissez-les en paix ! Demandez à genoux
Que ces chants entendus des plaines éternelles,
Que ces frémissements qui font trembler les ailes
Et l'air, et les rayons, passent aussi dans vous !

Mais si vous rencontrez la colombe éperdue
Interrogeant en vain la forêt ou la nue,
Arrêtez-vous! Ses cris font pleurer les échos.
Dites-lui que la mort est le terme des maux!
Quand pour chercher l'absent du nid elle se penche,
Prenez votre arme, au cœur visez sous l'aile blanche;
Ne vous détournez pas! songez à votre sœur
Implorant le retour ou le plomb du chasseur!

LES AUBES

La première fleur est dorée,
Lorsqu'elle s'éveille au printemps ;
Sur elle la voûte éthérée
Jette ses reflets éclatants.

La tête de l'enfant est blonde
Comme le maïs entr'ouvert ;
Le peuplier au bord de l'onde
D'un vert rayonné s'est ouvert.

Lorsque tout renaît, monte et pousse,
Sur la cime où naît le condor,
Avril fait fleurir une mousse
Fine comme la poudre d'or.

Le cœur, avec la primevère,
S'ouvre aux jeunes émotions,
Car dans chaque aube de la terre,
Le Dieu d'amour met ses rayons.

LA MORT D'UNE JEUNE FILLE

A M. LE MARQUIS EUGÈNE DE MONTLAUR

Prenez dans vos deux mains ma main froide et tremblante,
Mère! je crois vraiment que vous ne m'aimez plus!
Car vous vous détournez quand je suis plus souffrante,
Croyez-vous désormais tous vos soins superflus?

Oh! la mort me fait peur avec son froid terrible.
Ouvrez-moi donc vos bras, retenez votre enfant;
Ma mère, sauvez-moi! la mort est impossible,
Lorsque l'on est si jeune et que l'on aime tant!

Puis, j'aurais peur des morts dans ce grand cimetière,
Couverte d'un linceul et d'une froide pierre.
Je sens pâlir mon front et trembler mes genoux,
Oui, dans mes longues nuits j'aurai bien peur sans vous!

Mais je ne mourrai pas, je suis trop jeune encore;
Mes jours sont trop sereins, le soleil est trop beau !
Midi n'a pas séché la perle de l'aurore,
La fleur vit, le fruit seul est fait pour le tombeau.

Oh! vous rappelez-vous le jour de votre fête,
Lorsque, pour un bouquet et ces légers présents
Que la surprise accueille et le mystère apprête,
Vous me donniez, à moi, des bijoux, des rubans?

Ce temps ne viendra plus, l'orage est sur ma tête;
Une dernière fois, mère, échangeons nos dons,
Pour un dernier baiser prenez mes cheveux blonds!

Hélas! il faut mourir, mourir! Ah! c'est en vain
Que mon front éperdu se cache en votre sein !
Cet asile sacré n'est plus inviolable.
Pour m'arracher des bras de cette affreuse mort,

Tout votre amour de mère, immense, inépuisable,
Oh ! dites, cet amour n'est donc pas assez fort ?

Silence ! entendez-vous cette voix fraîche et douce ?
On dirait un oiseau qui chante sous la mousse :
« Vois l'aurore du ciel, vois l'astre de l'espoir ;
« Tu n'as que dix-sept ans, viens à la vierge mère !

« Les tombeaux et la mort ne font trembler qu'au soir.
« Mon âme ouvre son aile. » A cette voix si chère,
Je me sens tressaillir et je n'ai plus d'effroi ;
Ma mère, éloignez-vous ! Vierge, recevez-moi !

ISABELLE

PIÈCE COURONNÉE EN CHAMPAGNE

Comme les flots étaient d'azur,
Comme ils balançaient ma nacelle,
Comme l'air était doux et pur,
Quand j'étais aimé d'Isabelle!

Toujours le premier au printemps,
C'est moi qui voyais l'hirondelle
Passer dans les cieux éclatants,
Quand j'étais aimé d'Isabelle!

Comme je priais avec foi
Le soir à la sainte chapelle,
En répétant avec émoi
Le nom, le doux nom d'Isabelle !

A la fontaine du hameau,
En me penchant sur la margelle,
Je voyais le ciel dans son eau
Avec l'image d'Isabelle !

Je disais mes heureux transports
Même à cette pâle immortelle
Qui fleurit, couronne des morts,
Quand j'étais aimé d'Isabelle !

Tel aux créneaux des vieilles tours
Avril porte la fleur nouvelle,
Sur ma lèvre, mon cœur toujours
Ramène le nom d'Isabelle !

LE PARDON DU CHRIST

O Christ, quand tu mourus sur le mont du Calvaire,
Quand tu jetas ce cri du suprême abandon,
Ne les voyais-tu pas, ces enfants de la terre,
Qui venaient s'abreuver dans le sang du pardon ?

Ne les voyais-tu pas ces foules innombrables,
Ces chrétiens, ces héros, ces millions de martyrs,
Et ne sentais-tu pas les douceurs ineffables
Des adorations et des divins soupirs ?

Nous étions là, Seigneur, comme sont les étoiles,
Dont les germes lactés blanchissent dans la nuit,
Là, comme une semence existant sous les voiles,
Les voiles parfumés de la fleur et du fruit.

Et dans ton cœur divin tu disais à ton père :
« L'ombre est sur tout ce peuple et lui couvre le front,
« Les enfants d'Israël sont des poussins sans mère,
« Mon Dieu, pardonnez-leur ! savent-ils ce qu'ils font ? »

Oui, le Christ pardonnait à tous les idolâtres :
« Comment seraient-ils bons, s'ils ne m'entendent pas ? »
Il disait aux tribus folles, opiniâtres :
« Jusqu'à l'éternité je vous tendrai les bras !

« Venez, je suis la vie et la paix éternelle !
« Mais si votre bandeau ne peut se déchirer,
« O vous, âmes d'élite à qui je me révèle,
« Lequel de mes pardons pouvez-vous espérer ? »

LE DÉSERT

Vois le désert immense aux vastes solitudes,
Comme il semble élargir ces horizons brûlants,
Comme il semble appeler, en ses sollicitudes,
Le soleil, hôte unique aux feux étincelants !

Le soleil est son roi; pour lui seul il dévore
Jusqu'à la goutte d'eau, jusqu'au souffle de l'air,
Ne laissant, sous les pas de l'astre qu'il adore,
Que son sable embrasé brillant comme l'éclair.

Laisse effacer ainsi par la céleste flamme
Les ombres, les désirs qui sont encore en toi;
Concentre ton amour, fais le vide, ô mon âme,
Sois le désert brûlant pour le suprême roi !

6

LA PRÊTRESSE DES GAULES

A toi j'ai donné ma tendresse,
Je sais qu'on te nomme Lucain ;
Je suis une jeune prêtresse
De l'archipel armoricain.

J'habite un toit couvert de branches,
Je suis la prêtresse Linor.
Tu dois voir, pendant tes nuits blanches,
Flotter ma robe aux franges d'or.

Les jours s'envolent, se dispersent ;
Qu'importe à moi quand je t'attends !
Les désirs de mon cœur se pressent
Comme les fleurs près des étangs !

J'ai consulté dans la grande île
Le vieux barde au pied de la tour;
Dans son art devenue habile,
J'espérais ravir ton amour.

Avec des graines de fougère
Et des œufs d'un jeune serpent,
Je mis dans un feu de bruyère
La tête d'un lézard grimpant.

L'espoir brillait avec la flamme,
Quand les fougueux esprits du vent
La faisaient trembler comme une âme
Qui veut sortir d'un corps vivant.

Sur le chemin, avant l'aurore,
J'étais au devant de tes pas ;
Mais tu ne m'aimais pas encore,
Je revins en pleurant tout bas.

« Au bord des flots penche la tête,
Dit la voix des rochers obscurs ;
Le sort, au sein de la tempête,
Livre ses arrêts les plus sûrs. »

Mais pendant ma fiévreuse attente,
Les vagues du sombre Archipel,
Souvent de leur voix mugissante
Trompèrent mon brûlant appel.

Alors, couchée au bord des grèves,
J'écoutais les flots dans leurs cours ;
Ton image éclairait mon rêve,
Mais les vagues pleuraient toujours !

En déferlant l'une après l'une,
Elles disaient : Si tu l'aimais,
Linor, je plains ton infortune,
L'ingrat ne t'aimera jamais !

En vain tout l'art d'une prêtresse
Veut triompher de sa froideur,
Femme d'Italie ou de Grèce
A déjà dévoré son cœur !

Savoir que vous souffrez et ne pouvoir me rendre
Près de vous ! — L'œil inquiet, les deux bras refermés,
J'écoute dans l'espace... et sans jamais entendre
De la lointaine voix les accents bien-aimés !

Que je voudrais soigner avec toute mon âme
Un pauvre mendiant atteint de votre mal,
Répandre à son chevet les pleurs et le dictame
Que cherche vainement la couche d'hôpital !

Seule je veillerais pendant ses longues fièvres,
Car je l'appellerais de votre nom tout bas,
Et je présenterais le breuvage à ses lèvres,
Tremblant en appuyant sa tête sur mon bras.

6.

Puis, en voyant ses yeux rouverts à la lumière,
J'aurai cru de vos maux adoucir la douleur;
Et, du pauvre peut-être exauçant la prière,
Dieu me pardonnerait ce rêve de bonheur!

RAYON

Il est des jours heureux où la nature entière
S'identifie à nous ; sa chaleur, sa lumière
Nous agite, nous trouble ; il semble que le cœur
S'échappe et va baiser la colombe et la fleur.
Il s'éprend des ruisseaux, des pervenches mi-closes,
Des pudiques couleurs des champs de trèfles roses,
De la brûlante euphorbe au reflet vert doré,
Des échos amoureux, du lointain azuré.
L'âcre senteur des pins et ces parfums sauvages,
Amers et pénétrants qui s'élèvent des plages,
Ainsi que des oiseaux d'autres climats venus,
Nous donnent en ces jours des vertiges étranges,
Où nous voyons briller ces bonheurs inconnus
Qu'on n'ose pas rêver, mais qu'on demande aux anges !

AU SEUIL DU CLOITRE.

Frères, vous demandez quel ouragan m'apporte?
Quel est le désespoir qui frappe à votre porte?
Un cloître est un tombeau dont les échos sont morts,
Je puis lui confier mon crime et mes remords.

A cet âge où l'on croit la jeunesse éternelle,
Ivre d'amour, j'aimai pour la première fois,
Et c'était une femme aussi pure que belle!
Puis je la vis pâlir, et pendant de longs mois
Je tremblai pour sa vie!.. Un jour, faible et souffrante,
Seule je la surpris en sa chambre brûlante.
Avais-je ma raison? je ne m'en souviens plus!...
Je crois, en rappelant tous mes rêves confus...

Que mes baisers pleuvaient sur ses pieds, sur sa tête,
Comme les gouttes d'eau tombent dans la tempête.
La flamme du foyer jaillit!... Infortuné!
Un cadavre gisait dans mes bras bâillonné
Par mes lèvres de feu. Dans ma crainte mortelle
Je répète depuis : « Quand j'entrai, vivait-elle ? »
Sinistre, affreux mystère! Ai-je dans mes transports
Violé ce repos que possèdent les morts ?
Ou, sacrilége encor!.. l'âpreté de ma flamme
A-t-elle consumé les liens de son âme!
Et j'ai peur ! et je crie, en tombant à genoux :
Cette âme que j'ai prise, oh! mon Dieu, l'avez-vous ?

LA PAQUE JUDAIQUE

La première étoile étincelle
Au-dessus du bassin d'airain,
On ouvre la Pâque nouvelle
Par ordre du grand Sanhédrin.

Mille clairons dans les campagnes
Partent, acclament le grand jour ;
De la ville les sept montagnes
Allument leurs feux tour à tour.

Bientôt, de colline en colline,
A peine aperçus, répétés,
Ces feux couvrent la Palestine
De leurs ondoyantes clartés.

Regardez, juifs de Babylone,
Apparaître dans le lointain
Ce divin signal qui rayonne
De l'Euphrate jusqu'au Jourdain.

Des caravanes haletantes,
De Nazareth, de Bethléem,
Ont déjà disposé leurs tentes
Sur les murs de Jérusalem.

Ces peuples, qu'on distingue à peine,
Viennent du pays de Cédar,
Et ceux qui traversent la plaine
Marchent depuis le mois d'Adar.

Portant les doux fruits que la terre
Produit au bord des fraîches eaux,
Ces femmes ont quitté naguère
Cana, la ville des roseaux,

Et près des sépultures peintes
Se reposèrent tour à tour
Dans le grand bois des Térebinthes
A l'abri des chaleurs du jour.

Vers le chemin de Samarie,
Le peuple apporte des rameaux;
Des pâturages de Syrie
Vois-tu venir ces longs troupeaux

Éveillant les sollicitudes
De tous ces pasteurs rassemblés ?
Ils ont quitté les solitudes
De Juda, pour être immolés.

Ceux-ci, dans leurs dernières poses,
Ont trouvé les prés toujours verts
De Jéricho, ville des roses,
D'Engaddi, près des grands déserts.

Au temple, où les cèdres superbes
Sont revêtus de lames d'or,
On offre les premières gerbes
Des blonds épis tendres encor.

Là, symbolisant les idées,
Chaque objet parle de la foi;
Les chérubins de dix coudées
Gardent les tables de la loi.

La voûte de jaspe scintille,
Comme les rayons dans l'éther,
Le parvis du Saint des saints brille
Comme les vagues de la mer.

De Saba la fleur exotique
Souleva son voile argenté,
Pour franchir ce cristal magique
Qui réfléchissait sa beauté.

Immolez les colombes blanches,
Effeuillez les lis du vallon,
Coupez les odorantes branches
Des rosiers qui couvrent Sâron !

De l'ambre, à la goutte perlée,
Offrez, avec les premiers pleurs,
La fauvette de Galilée
Prise sur les palmiers en fleurs.

Que chaque couronne soit faite
De myrte fleuri, d'olivier !
Apportez encore à la fête,
Avec les fruits du citronnier,

Ces roseaux aimés du zéphire,
Cueillis pendant leur doux frisson
Près du lac en forme de lyre,
Dont l'écho forma le doux nom.

Des enseignements mosaïques
Accomplissez la sainte loi,
Et que vos tribus hébraïques
Intacte conservent sa foi,

Jusqu'à ces jours saints et prospères,
Qui verront Juda refleurir;
Jours que vous ont promis vos pères,
Quand leurs yeux perçaient l'avenir.

LES ASTRES

RACONTENT LA GLOIRE DE DIEU

Qui peut te retrouver, science de Chaldée!
Qui peut interpréter ce langage de feu
Écrit avec l'étoile, et traduire en idée
Cet éternel blason héraldique de Dieu!

Les astres cependant, de la terre où nous sommes,
Semblent des changements les uniques moteurs;
On les voit mesurer l'existence des hommes
Et jusqu'aux flots de sang qui montent dans leurs cœurs.

Regardez au zénith le grand âge du monde,
Car l'immortelle aiguille a marqué tous vos jours;
L'essence magnétique à cette mappemonde
Vous fait communiquer : regardez donc toujours!

Lorsqu'en nombreux essaims l'oiseau de nos rivages
A vu finir l'automne aux jours capricieux,
Il n'affrontera pas le hasard des voyages
Sans consulter du ciel les essaims lumineux.

Et ce vaste Océan aux vagues fugitives,
Qui soupire d'amour ou se gonfle en fureur,
Ne vient-il pas transmettre aux sables de nos rives
Les mouvements d'un astre errant comme le cœur ?

Ah! pourquoi donc ainsi vous pencher vers la terre ?
Vous qui voulez savoir, montez toujours, encor !
Les astres ont l'esprit et la clef du mystère,
Et l'âme au vol hardi trouvera le trésor !

Et ce soleil ardent qui plane sur nos têtes,
Source du feu sacré de l'esprit et du jour,
Qui du ciel à la terre a reproduit les fêtes,
Semblant en ses rayons nous apporter l'amour ;

Ne le voyez-vous pas retracer chaque année
Les mystères divins de notre Verbe Dieu !
Tel qu'un prêtre immortel à la puissance ignée,
Il dit le sacrifice en ses phases de feu !

Du Sauveur, à Noël, il rappelle l'enfance,
Par ses faibles lueurs croissant de jour en jour ;
Il se lève et renaît, symbole d'espérance,
Pour la sombre nature acclamant son retour.

Dès que sur le printemps brille son diadême,
L'équinoxe annonçant les tempêtes du ciel
L'immerge dans les flots d'un mystique baptême,
Et semble consacrer cet autre Emmanuel !

Le voyez-vous enfin qui monte dans sa gloire,
Traversant de l'été le solstice flottant,
Quand ces splendides feux célèbrent la mémoire
Du lumineux Thabor dans un ciel éclatant !

Mais il pâlit bientôt, décline vers les ombres ;
L'esprit du scorpion touche au triomphateur,
Et la croix apparaît vers les sommets plus sombres
Au point où l'écliptique a coupé l'équateur.

Il trouve de la mort les limbes sépulcrales ;
On le croit au tombeau descendu pour toujours.
Tout se tait, mais bientôt des clartés triomphales
L'ont proclamé vivant comme après les trois jours.

TRANSFORMATION

Quand l'insecte est sorti de son réseau de soie,
Aux rayons du soleil son aile se déploie;
Tout son être grandit, se dilate dans l'air;
Il hésite un moment et part comme l'éclair!
Et l'âme ne saurait se déployer de même!
En s'échappant du corps à son heure suprême,
Ses instincts, si longtemps retenus par les sens,
Ne s'agiteraient pas libres et frémissants!
On ne les verrait pas s'élancer dans l'espace,
Et dans l'air lumineux sur la divine trace,
Monter toujours plus haut! Elle ne saurait pas,
Vers les zones de feu, vers celles des frimas
Des plaines de l'Ether traverser chaque phase,
Pour s'enivrer de jour, de liberté, d'extase,
Et pour se perdre enfin dans ces flots de clarté
Qui rayonnent l'amour et l'immortalité!

LA MORT D'UNE FEMME

Les ailes de la mort au-dessus de sa tête
Projettent leur grande ombre, et les feux de ses yeux,
Par la fièvre allumés, semblent dans la tempête
Deux phares éclatants sur les flots ténébreux.

Elle paraît en proie à d'étranges alarmes;
Étouffant, sans haleine, et tremblant à la fois,
Elle voudrait pleurer, elle n'a plus de larmes!
Elle voudrait parler, elle n'a plus de voix!

Ses pieds restent glacés; de minute en minute
La mort gagne sur elle un soupir, un frisson;
Hélas! elle est à bout de douleur et de lutte,
De la cloche funèbre entendez-vous le son?

Son cœur ardent et fier soutient encor le siége
De la vie; on le sent par secousse bondir,
Comme l'oiseau blessé se débat dans le piége,
Où, malgré ses efforts, il lui faudra mourir.

Alors, de mouvements lents, indéfinissables,
S'agitent les deux mains; on les voit sur le lit
Errer, tordre les bras... et puis, insatiables,
Vouloir encor lutter; mais le front s'alourdit !

Ce vague effort sans but de la vie ou de l'âme,
Qui jette sur le front une froide moiteur,
Fait songer à ce geste incertain de la femme
Qui repousse un baiser en étouffant son cœur.

Mon Dieu, comme il fait froid ! est-ce la mort qui passe ?
Le jour pâlit... un œil implacable et jaloux
La regarde immobile; il la fixe, il la glace !
Les rideaux sont tombés sur elle... Eloignez-vous !

LA PATRIE

L'océan de la vie aux plages ignorées
Emporte notre barque; oublions sans retour
Les solstices brûlants et les moissons dorées,
La saison de l'orage et celle de l'amour.

Non, ce n'est plus l'été, car les cimes blanchissent;
Tout se fait immobile et calme autour de nous :
Les battements du cœur, les sens se refroidissent,
Les flots sont apaisés et les zéphyrs plus doux.

Nous arrivons ensemble à la terre promise,
C'est le moment d'aimer, donnez-moi votre main !
En approchant du ciel, l'homme se divinise,
Il ne croit plus au mal et plus au lendemain.

Le flot meurt par degré comme un dernier coup d'aile,
La mer est devenue un miroir transparent;
Le Seigneur la regarde et se penche vers elle,
Et cet œil immortel fixe le flux errant.

Tout devient lumineux : notre barque, nos voiles,
Les ondes et nos corps, notre esprit, notre cœur ;
Notre amour est celui des anges, des étoiles !
Dieu nous voit, nous entrons dans la grande lueur !

CE QUE JE PLEURE

Ce que je pleure, ami, ce n'est pas ma jeunesse
S'effeuillant au matin comme la fleur d'été,
Ces rêves, ces pensers, se succédant sans cesse
Pour s'envoler toujours vers un ciel enchanté !

Ce ne sont pas non plus ces froids, ces vains hommages,
Ces discours répétés que le cœur n'entend pas,
Ni même ces accents, ces mots aux doux présages
Qui vous font tressaillir et répondre plus bas.

Ni ces longs jours brûlants passés sous les charmilles
A suivre un souvenir en lisant du regard ;
Ni les fêtes du soir, ni les joyeux quadrilles,
Où quelquefois encor j'ai voulu prendre part.

Oh! non! je vous le jure, aucune de ces choses
N'ont laissé dans mon cœur la trace d'un soupir;
Tombez autour de moi, pâles feuilles de roses,
Disais-je, et n'attristez jamais mon souvenir.

Mais ce que j'ai cherché dans mon âme oppressée
Comme un dernier rayon qui va finir le jour,
Ce que j'appelle encor de toute ma pensée,
Hélas! ce que je pleure, ami, c'est notre amour!

BETTINA

IMITÉ DE SES LETTRES.

(Après la mort de Gœthe).

Tu n'es plus ! mes pensers sont des gouttes d'orage ;
Les esprits qui t'aimaient ne viennent plus à moi ;
Tu t'es élancé, Gœthe, au-dessus du nuage,
Emportant le soleil de ma vie avec toi !

Je t'appelle en songeant au feu de tes yeux sombres ;
Sur mon cœur épuisé passe un frisson mortel,
Et je dis chaque soir, quand reviennent les ombres :
Ne séchez pas, ô pleurs de l'amour éternel !

8

Ta chair s'est fait esprit; qu'est-ce que l'existence,
Sinon l'embrasement de l'amour chaste et doux?
L'amour, voilà tout l'homme et sa seule puissance;
C'est par l'objet aimé que Dieu pénètre en nous !

Un soir d'été, que les nuages
Apparaissaient dans le lointain,
J'allai cueillir des fleurs sauvages,
Que je déposai sur ton sein.

Alors, de mes cheveux prenant les folles tresses,
Tu voulus y mêler les feuilles et les fleurs ;
Sur mon front renversé je reçus tes caresses,
Et pourtant dans mes yeux ne brillaient que des pleurs!

. . . .

Tout à coup, un éclair immense
S'échappe du ciel enflammé.
Je jette un cri! Dans ma démence,
Je ne vois plus mon bien-aimé.
Mes mains froides cherchent les siennes,
Il les réchauffe sur son cœur.
Se peut-il que tu te souviennes,

Gœthe, au ciel... de tout ce bonheur!
Ton front divin brillait dans l'ombre ;
Sur ton épaule, ami, j'avais fermé les yeux !
Mais voici l'heure des adieux,
Disais-tu... Vois comme il fait sombre !

Bettine, il faut partir! Regarde ce flambeau,
Il a brûlé longtemps, sa flamme est incertaine,
Je tremble comme lui !... Comme lui mon haleine
Brûle et se précipite. Enfant, dans mon manteau
Ne t'endors plus ainsi! Non, crois-moi, pauvre femme,
Va-t-en, je ne suis pas assuré de la flamme
Qui s'agite en mon sein; je crains, dans mon effroi,
Que ce feu ne s'allume et t'embrase avec moi !

Le flambeau tombe! Fuis, ô Bettina; de grâce,
Ne le relève pas, qu'il brûle sur ce bois,
Et, qu'en se consumant, il me marque la place
Où mes yeux te verront pour la dernière fois.
Chère apparition, délicieux fantôme
De l'amour idéal, ne touche plus ma main !
Bientôt je vais partir pour le sombre royaume,
La flamme du génie expire dans mon sein.

Ainsi tu disais, Gœthe ! O que mes jours finissent,
Sans ton amour, ami, que ferais-je ici-bas ?
Toi qui sais le pays où les myrtes fleurissent,
Conduis-moi vers celui d'où l'on ne revient pas !

FANTOMES

Et la lune à cette heure errait sur la nature,
Ses rayons argentant les massifs de verdure,
Comme un tribut d'amour recevant leurs senteurs,
Faisait fleurir mon rêve et pâlissait les fleurs!

Brillant d'illusion, changeant comme au jeune âge,
Ce songe me rendait les jours de mon nuage,
Et ramenait vers moi tous les êtres aimés
Qui passèrent jadis en ces lieux embaumés!

Ils venaient, parcourant les charmilles ombreuses,
Inclinant des lilas les branches onduleuses,
Ils approchaient encor... J'allais m'agenouiller
Devant leurs pas chéris... On vint me réveiller!

8.

LE RETOUR DU MARIN

Poussé par une heureuse brise,
Dans le port le navire entra,
Et je pensais à ma promise ;
Doux songe, qui me le rendra !

A notre joyeux équipage
En jetant de bruyants adieux,
Je m'élançai sur ce rivage
Que déjà dévoraient mes yeux.

Pour arriver avant la brune,
Il faut marcher avec vigueur ;
Nous n'aurons pas de clair de lune,
L'amour seul luira dans mon cœur !

Là-bas, sur la plage lointaine,
Dans la tempête, aux sombres jours,
C'est l'image de Madeleine
Qui fut mon étoile toujours!

Dans trois ans, il est impossible
Qu'elle ait oublié son amant!
Mais une tristesse indicible,
Sans cause, me vient par moment!

Comme aux jours où la mer est pleine,
Mon âme a des pleurs amoureux
Que le flux apporte et ramène
Jusque sur le bord de mes yeux.

Voici la route accoutumée,
Les mêmes prés, les mêmes champs!
Avertissons ma bien-aimée
De l'heureux retour par des chants.

Près du lavoir de la fontaine
J'entends rire sa jeune sœur !
Je veux m'écrier : Madeleine!
Et je me sens, par le bonheur,

Sans souffle, oppressé... Je m'arrête !
Toutes les filles du lavoir
A mes chants ont levé la tête :
C'est un marin! Ma sœur, viens voir !

Où suis-je? et quelle voix m'appelle?
Qui m'apparaît sur le chemin ?
Dieu tout puissant! merci! c'est elle!
Toujours belle! Oh! je tiens sa main!

Le ciel est encor plein de flamme,
L'oiseau chante encore au buisson!
Mais on dirait que d'une femme
Tu n'as plus la main!... Un frisson

Me saisit... Avec assurance
Ta surprise donne en effet
Une main à l'ami d'enfance :
Mais de l'autre, qu'en as-tu fait?

Cette main furtive et fébrile,
Qui nous brûle et tremble pourtant,
Que l'on reconnaît entre mille ,
Et que l'on baise palpitant.,

Cette main de la fiancée,
Qui se posa sur notre cœur,
Jamais celui qui l'a pressée
Ne peut s'y tromper... O douleur !

Quel est le jour où dans ton âme
L'ombre vint et couvrit mon nom ?
D'un autre serais-tu la femme ?
Parle !... dis un mot... dis-moi : non !

. . . .

Mais, hélas ! je vis Madeleine
Suspendre aux buissons épineux
Des langes, un sarreau de laine,
Et devant moi... baisser les yeux !

A UN PAPILLON

VOLANT DANS LE CIMETIÈRE

Pourquoi viens-tu parmi ces larmes,
Papillon aux vives couleurs?
Pourquoi faire éclater tes charmes
A nos yeux tout gonflés de pleurs?

Viendrais-tu donc sur cette tombe
Pour y chercher la volupté?
Dans cette fange, où l'homme tombe,
Cherches-tu l'immortalité?

N'approche pas, tout est souffrance
Ici, comme en mon triste cœur;
On n'y découvre qu'une fleur
En son germe, c'est l'espérance!

Va, sors de ces sillons funèbres,
Ne viens pas profaner le deuil;
Ta vive beauté blesse l'œil,
Comme un rayon dans les ténèbres.

LA TOUR D'OUDON

J'admire comme vous les îles de la Loire
Aux saules argentés... le sombre promontoire,
Les pins et les rochers, les dunes, les coteaux
Chargés de pampres verts, les splendides châteaux
Aux souvenirs aimés de la dame et du barde.
Mais c'est la vieille tour que toujours je regarde !
C'est là que le passé semble fixer mes yeux,
Quand le soleil couchant y met ses pâles feux.

Je la vois se pencher vers la source tarie,
Pour chercher sa grande ombre et sa beauté flétrie :
Mais rien n'y brille plus ! L'infidèle miroir
A fui comme les flots. Sans retour, sans espoir,
La source est desséchée aux brûlantes haleines
Du souffle des étés. Des roses marjolaines

Et le myosotis, cette fleur des amants,
Couvrent le lit laissé par les flots écumants ;
De même qu'aux créneaux de ces tristes tourelles,
Où les corbeaux en deuil font palpiter leurs ailes,
L'œillet couleur de flamme étincelle au soleil
Ou couvre de parfum le voile du sommeil.
La nature toujours, comme un puissant génie
Du conte oriental, ou comme l'ironie
Se mêlant à nos maux, toujours à pleines mains
Répand ses dons brillants sur les débris humains.
L'homme n'est rien pour elle, et rien dans sa mémoire.
C'est vrai ! reprites-vous, et la terrible histoire
De la tour est encore un témoignage écrit
De cette indifférence. Et dans un court récit
Vous racontiez le siége et l'assaut, et la prise,
Les murs démantelés, les écussons qu'on brise,
Les étendards sanglants qui tombent déchirés,
Les ducs de Malestroit pendus, déshonorés !
Horreur ! Et cependant la vieille tour encore
Se dresse belle et fière au soleil qui la dore ;
Le temps fuit, les mortels tombent de tout côté,
Mais l'humanité marche en toute liberté.

Voici qu'une rumeur assourdissante et folle
Éclate, et tout à coup brise votre parole ;

9

Une blanche fumée au milieu d'un éclair
Siffle et passe en fuyant; c'est le chemin de fer,
C'est le courrier fougueux, c'est la nue orageuse
Traversant la forêt, la voûte ténébreuse.
Alors, le bras levé, vous disiez : Voyez-vous
Ce sillage de feu? Comme un fleuve en courroux,
Il s'élance et bondit au sein de la campagne,
Franchit le noir ravin, déchire la montagne
Et ses flancs escarpés. Il s'arrête un moment
Comme pour respirer sous son frein écumant,
Puis il roule dans l'ombre, et, couleuvre sifflante,
Se glisse sous la terre; il hésite, il serpente,
Il fuit d'un mouvement infernal sous le sol,
Jette un cri de triomphe, et, reprenant son vol,
S'élance, et tout à coup remonte à la lumière!
Ainsi, changeant Protée, il fournit la carrière
Sans repos jusqu'au but. Qu'importent les cités
Qui tremblent à sa voix! les ombres, les clartés
Qu'il traverse vainqueur! les buissons ou le chêne
Et le nid qu'il écrase, et l'épi qu'il égrène,
Le troupeau qu'il arrête et l'oiseau qui s'enfuit,
Et l'homme qu'il emporte au jour ou dans la nuit!

C'est le symbole heureux de l'humaine lumière,
De l'esprit dont le vol entraîne la matière

Vers ce but inconnu qui jamais n'est trouvé,
Où nul homme n'arrive, et que tous ont rêvé !
Quel est donc le moteur de la force féconde
Qui soulève à la fois la pensée et le monde ?
Qui soudain les comprime, et, d'un élan subit,
Les fait croître et monter comme une mer sans lit ?

. . . .

De l'éclair dévorant mes yeux cherchaient la trace,
Car ce sceptre vainqueur, étendu sur l'espace,
Semblait, à notre insu, diviniser le feu,
Lorsqu'une voix nous dit : L'esprit monte vers Dieu !

BONHEUR

Bonheur, trompeur mirage,
Idéal qui toujours échappe à notre amour,
Douce étoile des nuits, brillant soleil du jour,
Pourquoi toujours t'enfuir au plus lointain rivage ?
Bonheur, trompeur mirage,
As-tu jamais été ?
Pourtant, si tu n'étais qu'une ombre fantastique,
Sentirions-nous de toi ce désir frénétique ?
Ton nom, pour nos regrets, l'aurions-nous inventé
Si tu n'avais été ?
Tu parais à l'aurore,
Nous promettant tes dons d'un visage riant.
Libéral en espoir, comme un roi d'Orient,
Tu fuis, et nous passons en appelant encore
L'astre de notre aurore !

HEURE NÉFASTE

Ce soir, tout est sinistre et tout ce qui vit souffre.
Le torrent sur le roc se brise en gémissant,
L'ouragan furieux tournoie autour du gouffre,
Et le chien de berger jette un cri menaçant ;
Le passereau mourant dans la vieille tourelle
Veut encore réchauffer sa tête sous son aile ;
C'est en vain : la tempête emporte en sa fureur
Et son dernier soupir et le fruit d'une fleur...
Mon regard abattu erre à l'horizon pâle ;
Je me sens inquiète au bruit de la rafale.
Que je souffre, ô mon Dieu ! dans ce cruel moment !
Attente, espoir déçu, regret, isolement !
Isolement surtout, cette étrange souffrance
Qui creuse autour de l'âme un gouffre sombre, immense !

L'étincelle est partout, mais il lui faut un choc
Pour la faire jaillir de nos cœurs ou du roc!
Mon âme est devant moi déserte et solitaire,
Ne trouvant nul écho, même dans la prière!
N'attendant rien des jours, et de l'heure et du sort,
Elle vient demander ou la vie ou la mort.
L'une ou l'autre, Seigneur! car cette triste vie,
Qui tombe autour de moi comme une fleur flétrie,
Est pour d'autres mortels une pure clarté,
Un doux gage d'espoir et d'immortalité,
Le génie inspiré, le rêve ardent, magique ;
C'est le présent d'un Dieu libéral, magnifique.
Nous ne vivons donc plus quand les pleurs restent seuls!
Les plaisirs à la vie, à la mort les linceuls!
Seigneur, écoute-moi! Seigneur, je te demande,
Avant que ton pardon sur ma tête descende,
Avant de m'effacer dans les ombres du soir,
Avant que par ton ciel mon âme soit ravie,
Une heure seulement, rien qu'une heure de vie
Pour une vie entière et de pleurs et d'espoir!

LA POLOGNE

O vous tous qui passez au chemin de la vie,
Avez-vous entendu l'aigle de Varsovie
Jeter un cri d'alarme aux généreux échos?
« Peuples, accourez tous des deux bouts de la terre;
« Aux armes! Dieu le veut, au nom du Christ en guerre!
   Au secours des héros !

Tout se tait ! A quoi donc est l'Europe occupée?
N'est-il pas un canon, une hache, une épée,
Une lance, un drapeau qui batte et flotte au vent?
N'est-il pas un soldat, un vaillant capitaine?
A qui reste le cœur, le courage et l'haleine
   Pour crier : En avant!

N'en est-il plus un seul? Quoi! dans la France entière,
Sont-ils tous endormis dans la froide poussière?
Où trouver le clairon qui les réveillera?
Allons! sus! des tombeaux il faut briser les portes!
Levez-vous et marchez, ô vous nos gloires mortes!
      On vous reconnaîtra!

Ils ne sont plus vos fils les vivants qui nous restent!
Leur œil indifférent et leurs bras vous l'attestent!
Vous avez tous le temps de sortir du linceul
Et de vous avancer comme un flot de tempête,
Avant qu'un seul d'entre eux ait retourné la tête;
      Entendez-vous, un seul,

Au cri de la Pologne éperdue, haletante,
Sublime de douleur en sa robe sanglante!
Elle vous tend les bras: « Frères, à mon secours!
« Et je triompherai; donnez-moi vite une arme,
« Voyez! je me relève et je n'ai plus de larme! »
      Elle appelle toujours!

Son front pâle un instant renaît à l'espérance;
Elle invoque à la fois et le ciel et la France!
Va-t-elle succomber sous l'infâme oppresseur?

Entendrons-nous un jour le juge redoutable
Dire à chacun de nous, de sa voix formidable :
    « Qu'as-tu fait de ta sœur ? »

La voyant au tombeau, sanglante et violée,
Nous fera-t-il asseoir sur la pierre scellée,
Ce Dieu qui nous appelle et nous commande en vain ?
Tomberons-nous aussi le front dans la poussière,
Quand elle renaîtra brillante de lumière
    Sous le souffle divin !

LA MORT DU VIEUX BRETON

Autour du lit de serge verte,
Quatre cierges sont allumés;
La porte est toute grande ouverte
Et les deux volets sont fermés.

Le vieux laboureur agonise,
On cache le ciel radieux;
C'est la lumière de l'église
Qui doit seul éclairer ses yeux.

Chaque voisin qui le visite,
Admirant son regard serein,
Asperge le lit d'eau bénite
Avec la fleur du romarin.

Et lui, sans regarder personne,
Répond aux prières qu'on lit;
Mais il entend sa fille Yvonne
Sangloter le front sur le lit.

La plus jeune et leur petit frère,
A genoux sur un banc de bois,
Égrènent le même rosaire
En faisant des signes de croix.

Le vieillard soupire, il appelle
Un jeune homme, et tendant la main :
« Tu trouvais mon Yvonne belle !
Sois son époux le mois prochain.

Ici, la misère est si grande
Que les petits mourraient de faim
Si, lorsque blanchira la lande,
Tu ne leur donnais pas de pain. »

Mourez tranquille ! Oh ! oui, mon père,
Dès que sonnera votre glas,
Je deviendrai pour eux un frère.
Le vieillard dit alors plus bas :

« Tu sais qu'avant ce grand naufrage,
Ma fille et Ronan Kermoël
S'étaient promis le mariage
Pour le jour de la Saint-Michel.

Ne t'offense pas de sa peine,
Sois bon pour son frère et sa sœur ;
Fais dire à Sainte-Madeleine
Des messes au vieux laboureur.

Promets qu'aux tempêtes d'automne,
Lorsqu'au bruit du vent tu verras
Pleurer tout bas ma pauvre Yvonne,
Jamais tu ne la frapperas ? »

Mourez tranquille Oh ! oui, mon père,
Dès que sonnera votre glas,
Je deviendrai pour eux un frère !
Le vieillard ne répondit pas.

LETTRE DÉCHIRÉE

Si de ma lettre, ami, vous blâmez la froideur,
C'est que je me relis, oui, voyez-vous, j'ai peur !
Et dès que ma pensée entière se retrace,
Dès qu'un mot me paraît trop tendre, je l'efface !
Puis prenant votre lettre, oh ! peut-être ai-je tort,
Mais ma lèvre aussitôt la baise avec transport !
Je la relis encore, et, pourquoi vous le dire ?
Non, vous n'y lirez pas ces mots... je la déchire !

LAMENTATION

(Psaume)

En vain vers ces lieux froids et sombres,
Je traîne mon exil errant,
En vain les saules du torrent,
Couvrent mon ombre de leurs ombres !

Mon oreille, du bruit des eaux
Ne doit plus saisir l'harmonie,
Et dans le secret des roseaux
Je ne trouve que l'insomnie.

Au loin je soupire et j'appelle,
Comme le chameau des déserts
Cherche, quand le sable étincelle,
Les puits profonds, les palmiers verts.

A quoi servent de ma détresse
Les cris dans les échos perdus,
Quand les amis de ma jeunesse
De moi ne se souviennent plus ?

Telle on voit la hutte sauvage,
Ephémère abri de nos nuits,
Abandonnée au vent d'orage,
Après la récolte des fruits.

Leur mémoire aussi m'abandonne,
L'oubli m'a frappé de son dard ;
Et nul désormais ne me donne
L'aumône d'un simple regard.

Seigneur, dans de vastes domaines
L'orgueilleux place son bonheur,
Et comme de superbes chênes,
Croissent les désirs de son cœur !

Dieu d'Israël ! Dieu des miracles !
C'est vers toi que je tends les bras.
Du fond de tes saints tabernacles,
Comment ne me réponds-tu pas ?

Ne te priai-je pas sans cesse
D'éclairer mon triste séjour ?
Mais dans une amère tristesse,
J'écoute la nuit et le jour.

J'écoute, et mes vœux sont arides,
Aucun mot de toi n'est venu ;
Mon cœur est froid, mes bras sont vides,
Partout le doute et l'inconnu !

Pourtant, Seigneur, dans ma misère,
Dont l'impuissance me confond,
Si je viens à frapper la pierre,
Une étincelle me répond !

SUR LA ROUTE DU MIDI

A M. E. Sorin.

Une autre année encore ! oh ! non, mon Dieu, de grâce !
Non, je ne veux plus vivre et marcher plus longtemps,
Sans savoir où je vais, sans connaître où je passe,
Sans pouvoir espérer l'automne ou le printemps !
Non, parlez-moi, Seigneur, si vous voulez que j'aille,
Si vous ne voulez pas que ma force défaille ;
Oh ! dites-moi surtout ce qui m'attend là-bas ?
Vous êtes la lumière, et vous laissez mes pas
Se perdre dans la nuit ! Le voyageur sans doute
Affronte des dangers, mais le but, mais la route,

10.

Il les connaît du moins, il entend la vapeur
Et le sifflet strident; il sait, ce voyageur,
Que tout est dirigé par une main habile,
Et trouve à chaque pas une femme immobile,
Dont le bras soulevant les plis du manteau bleu,
Livre l'espace libre à la course du feu !

LA MALADE

(Chant breton.)

Glissant au feuillage du hêtre,
Le blanc croissant va se coucher ;
Le jour jaillit de ma fenêtre,
Comme l'eau pure du rocher.

Je suis pourtant bien jeune encore
Pour souffrir ainsi chaque nuit;
Avec ardeur j'attends l'aurore,
Et toujours le sommeil me fuit!

Le soir, lorsqu'un frisson de fièvre
Sans force me fait retomber,
Mon cœur tremble, ainsi que ma lèvre,
Dans la crainte d'y succomber.

Quand pour assister à la fête
Du printemps aux chaudes couleurs,
La haie a couronné sa tête
De ses plus odorantes fleurs;

Pendant cet hiver, savait-elle,
Voyant son épineux bois mort,
Qu'un rayon la rendrait si belle,
Qu'une femme envierait son sort !

Dans une de ces courtes trèves,
Où parfois cesse la douleur,
Le cortège confus des rêves
S'agite, en effrayant mon cœur.

Des anges qui tiennent des cierges,
Disent en leurs tristes souris:
« Pour enterrer les femmes vierges,
Il faut bénir ces champs fleuris. »

L'oiseau de mort en son ramage,
Répète : Coupez la moisson,
La mort renaît au saint rivage,
Comme l'églantine au buisson!

LE BRACELET

Le jour de nos adieux, comme il pressait ma main,
Une goutte de sang tomba sur mon corsage;
Oh ! ce n'est rien! dit-il, et mon œil incertain
Interrogeait, craintif, ce sinistre présage.

C'était mon bracelet ouvert, dont le fermoir
Avait blessé sa main ; je baisai la blessure,
Vivement, sans songer à rien, je vous le jure !
Je ne l'ai plus revu !... Pouvais-je le revoir !

Je n'y pense jamais; cependant il me semble
L'entendre m'appeler dans l'ombre de mes nuits;
Je rêve d'un ciel pur où nous sommes ensemble,
Et je n'ai plus porté mon bracelet depuis !

Mais quand revient au soir l'heure de la prière,
J'ouvre en secret l'écrin où dorment mes bijoux,
Je prends le bracelet, puis, de mon âme entière,
Je le baise en pleurant, et retombe à genoux !

DERNIÈRES LUEURS

Deux ans s'étaient passés ! deux printemps ! deux automnes !
Mes jours chargés d'ennui s'effeuillaient monoton se
J'ignorais son destin, hélas ! depuis le jour
Où son audace avait effrayé mon amour !
Et voilà qu'en pleurant, tout à coup il m'implore !
Voilà que je promets de le revoir encore !

J'avais cru l'oublier dans mon profond sommeil,
Je ne prévoyais plus le hasard d'un réveil;
Je croyais au repos de la plage ignorée,
Quand j'entendis la voix de la haute marée :
Rapide elle arrivait, réveillant les échos,
Ramenant le tumulte et le frisson des caux !

Et j'entends de mon cœur le bruit sourd et terrible.
Le calme désormais me devient impossible !
J'allais revivre enfin, l'entendre, le revoir,
Et répéter son nom de l'aube jusqu'au soir !
Sa présence adorée allait faire renaître
L'orage de bonheur qui déborde notre être,
Quand il est là celui qui fait dire tout bas :
Malheureux mille fois celui qui n'aime pas !

J'écoutais !... j'attendais ! pâle, inerte, immobile,
Retenant ma pensée et mon souffle fébrile,
Pour laisser revenir lentement, par degré,
Les rayons renaissants de ce rêve doré !

On sonne ! on entre ! Dieu ! tâchons de me remettre,
S'il allait voir mon trouble ! eh quoi ! c'est une lettre ?
« Madame, non, jamais vous ne m'avez aimé !... »
Je ne lus que ces mots, mon œil s'était fermé !

Je restai, m'a-t-on dit, bien des jours expirante,
Dans ma fièvre parlant d'une indicible attente,
Et puis redemandant d'un accent éperdu,
Ce dernier mot de lui, qu'on ne m'a pas rendu !

ADIEU PARIS

A M. Delphin Balleyguier

Adieu Paris ! adieu la ville des merveilles !
En vain le jour naissant te couvre de lueurs,
Tu fuis loin de mes yeux ! Est-ce que tu sommeilles,
Que tu n'as pas un cri pour répondre à mes pleurs ?
Adieu, beaux-arts, amis, vers, intimes soirées,
Tableaux divins, tombeaux exhumant l'Orient !
Adieu, jardins royaux dont les grilles dorées,
S'ouvrent comme les cieux devant le mendiant !

Le wagon siffle et part ; les roses du Bengale
Le regardent glisser comme un fleuve en son cours ;
Le feu l'emporte et dit aux nuages d'opale :
Partez, nous vous suivons, marchez, volez toujours !

Nuages, annoncez à la terre, à l'espace,
Le passage de l'homme, et dites au ciel bleu :
Devant l'esprit humain tout pâlit et s'efface,
Et le mortel n'a plus d'autre maître que Dieu !

Le buisson s'élargit, le vert tendre scintille
Sur le vert plus foncé, sur les branches de fleurs,
Pêle-mêle charmant où le rayon qui brille
Fait miroiter aux yeux les fuyantes couleurs.
Fleur des songes, pavot, fleur au rêveur dictame,
Entourant la Sologne en tes rubans pourprés,
Es-tu des anciens jours la ceinture de flamme
Du prêtre égyptien aux mystères sacrés?

Cependant, vers Paris, toujours mes bras se tendent,
Ne pourriez-vous, métal, ne pourriez-vous, vapeur,
Arrêter un instant! Les horizons se fendent
Sous votre impulsion, et seul mon faible cœur
Ne s'oppresserait pas sous ce poids de distance
Que vous accumulez! Mais songez qu'à Paris,
Aux mains de l'amitié j'ai laissé l'espérance,
Que vous me répondez de ces boutons flétris...
Vous m'emportez en vain, je l'entends toujours lire ;
De ses inflexions se berce mon sommeil...

De poésie et d'art tout mon rêve s'inspire,
J'écoute... et de nouveau je l'entends au réveil !
Toujours de ses accents la suave harmonie
Me chante ses beaux vers ; j'entrevois tour à tour
Ses regards inspirés, son front plein de génie,
J'écoute son adieu me parler de retour...

Ami, répond ma voix, c'est en vous que j'espère,
Vous avez dans mon cœur tous les noms les plus doux,
Ils tiennent à la fois du frère aîné, du père !
Traduisez-les vous-même, ils diront toujours : vous !

ELLE PASSAIT

Elle passait muette, un voile sur la tête
Tombant jusqu'à ses pieds ; aucun rayon d'espoir
Ne brillait dans ses yeux qui s'ouvraient sans rien voir
Sur le sombre chemin... Tout à coup elle arrête
Son pas si lent déjà. Qu'a-t-elle ressenti ?
Elle reste immobile !... « Oh ! s'il n'était parti
« Depuis trois jours entiers, j'aurais cru reconnaître
« Son approche adorée ; avant de m'apparaître
« Il s'annonce toujours ; l'air se peuple pour moi
« D'indices bien connus. Une sorte d'effroi
« Qui ressemble au bonheur, et m'agite et m'opprime ! »
. . . .
Un cri s'est échappé ! son regard se ranime ;
Un astre intérieur sur tous ses traits a lui,
Sa respiration se suspend !... C'était lui !!!

L'ORATEUR

Superbe, magnifique improvisation !
Et la foule passait dans l'admiration...
Ils étaient restés seuls !... Elle disait des choses
Qui semblaient l'enivrer, comme l'odeur des roses
Que baisent le soleil !... Suivre dans votre voix
L'élan de la pensée, et sentir à la fois
L'âme qui se dilate et frémit sous ses ailes
Pour atteindre avec vous les puissances nouvelles
Qui vont la compléter, l'agrandir, voyez-vous,
C'est vivre, c'est aimer ! Que ces instants sont doux !
Fermer les yeux, vous voir tout au fond de mon âme,
Vivre par votre souffle, en respirer la flamme,
Ce serait le bonheur le plus intense, hélas !
Si j'ignorais à *qui* vous parliez tout bas !

11.

Peut-être en ce moment de la voir il vous tarde ;
Toujours, quand vous passez, elle est là qui regarde,
Cette femme !... Oh ! pardon, je suis à vos genoux !
Mais enfin, dites-moi, pourquoi donc l'aimez-vous ?

Et d'une voix qui rompt à peine le silence, '
Tant il est oppressé, il lui parle bas,
Il répond ce seul mot : « Moi, je ne l'aime pas ! »
Ciel et terre ! Elle entend, d'un cri perçant s'élance ;
Tout entière on la voit se lever d'un seul bond.
Elle hésite, chancelle, et son cœur interrompt
Ses fiévreux battements. Elle tombe affaissée
Sous les flots débordés d'une seule pensée.
Et, lui, croit la voir morte en sa sombre stupeur !
Non, c'était un effet foudroyant du bonheur !

ARRIVÉ

Hier, c'était l'absence, et la vie était sombre...
Plus d'attente aujourd'hui, plus de doute, plus d'ombre,
Il me semble de l'air respirer la clarté ;
Je sens mon esprit libre et mon cœur agité !
Il circule en mon sang je ne sais quelle flamme !
Sa fenêtre est ouverte, il fait jour en mon âme !
Oh ! ne me parlez plus d'avenir incertain,
Je l'entends, il est là, que m'importe demain !

LES BOUQUETS DE CERISES

A Monsieur Auguste Lacaussade

En juillet, au long mois des brûlantes soirées,
Gardant au bord des eaux les génisses marbrées !
Et cueillant les grands joncs, j'aperçus cinq enfants ;
Du buisson pour les voir, quand j'écartai les branches,
Ils riaient à plein cœur en montrant leurs dents blanches,
      Lançant des regards triomphants !

Dans l'herbe étaient posés cinq bouquets de cerises,
Une branche coupée où pendaient des merises ;
Quatre de ces enfants mangèrent les doux fruits,
Se jetant les noyaux dans leurs malices folles,
Gazouillant à la fois chants, rires et paroles.
      L'un d'eux n'entendit pas ces bruits.

Assis sur le fossé, sa rêveuse paupière
Errait sur les coteaux où rougit la bruyère :
« Gardez-moi mon bouquet ! » dit-il naïvement.
Et puis il s'éloigna gravissant la colline ;
On le perdit de vue, et la troupe enfantine
      Le vit fuir sans étonnement...

Car depuis le premier désir de la jeune Ève,
Sur tout ce qui domine et vers les cieux s'élève,
Tout ce qui plane enfin, les montagnes, les tours,
Enfant, homme ou vieillard, il est toujours un être
Qui monte sur le faîte et croit voir apparaître
      Ce que l'âme cherche toujours !...

Puis, quand vinrent du soir les lueurs indécises,
L'enfant qui descendait demanda ses cerises.
Mais il fut accueilli par un rire moqueur :
« Comment ne sens-tu pas ta demande importune,
« Lorsque tu viens sans nous de souper dans la lune ? »
      Et tous le raillèrent en chœur.

L'artiste, après son rêve incompris et sans arme,
Raillé comme l'enfant sent tomber une larme.

Plus d'inspiration, de généreux penchants,
Le réel seul est roi dans ce temps où nous sommes.
Poète, allez à Dieu, les enfants et les hommes
Pour ceux qui rêvent sont méchants !

LA DERNIÈRE PAGE

C'est en vain que je cherche une date, une année...
L'ombre annonce déjà la fin de la journée.
Ma mémoire est semblable à ces rayons tremblants
Dont la lune en décembre éclaire les toits blancs !

Je vois pourtant la chambre et sa tenture verte,
Le feu brûlant dans l'âtre et la fenêtre ouverte ;
Les sombres escaliers, le corridor profond,
Les chaînes de Navarre empreintes au plafond.

Le souvenir remonte et mon cœur se réveille
Comme un flot assoupi. Si je prêtais l'oreille,
Le passé renaîtrait, et j'entendrais, je crois,
Jusqu'au bruit de ses pas, jusqu'au son de sa voix !

Mais pourquoi donc toujours me rappeler ces choses,
Pendant les nuits d'hiver effeuille-t-on les roses?
Non, pétales flétris, mais encor parfumés,
On se baisse en tremblant sur les feuillets fermés!

Calices desséchés, pauvres fleurs, je vous aime!
De notre court printemps le destin fut le même;
Les rayons, les oiseaux ne vous virent qu'un jour,
Je n'ai pas vu depuis le soleil ni l'amour.

Dormez donc sur mon cœur, je n'ai plus rien à dire;
Au revers de la page on ne doit rien écrire.
Que loin de moi celui qui peut la déchirer
La relise en secret s'il peut encor pleurer!

LA FÊTE D'UNE VIEILLE FEMME

A fêter mon patron votre amitié s'apprête ;
Merci de vos souhaits, et merci de vos fleurs !
Mais après soixante ans est-il un jour de fête,
Un jour pour oublier le passé, ses douleurs ?
Cependant ce bouquet rappelle à ma mémoire
De bien chers souvenirs. Ces camélias blancs
Et d'un rouge de feu me racontent l'histoire
De jours demeurés purs presqu'autant que brûlants.
. . . .
Il était loin de moi... Je me souviens encore
Combien mon cœur battait quand sa lettre arrivait.
Je connaissais le jour, et, bien avant l'aurore,
D'attente et de bonheur mon âme s'abreuvait.

Sa lettre !... Je sortais furtive, triomphante,
Emportant le doux pli, le visage vermeil,
Pour le lire en secret. J'arrivais palpitante
Dans une serre chaude où s'ouvraient au soleil
Ces splendides boutons que votre main amie
Aujourd'hui m'offre encore. Oui, ce cher souvenir
Ravive le passé, dont mon âme endormie
A perdu les lueurs... Je les vois revenir
Aussi purs qu'autrefois. O rêves pleins de charmes !
Sans souffle j'atteignais ces jardins protecteurs :
Au dehors les frimas, les soupçons, les alarmes ;
Mais arrivée ici, c'était l'Éden en fleurs,
Le repos et la paix... C'était la vie entière !
Ne cherchez plus, ami, cet asile charmant,
Car on a tout rasé pour faire un cimetière ;
Tout est mort en ce lieu comme mon jeune amant.
Hélas ! quand devant moi ces jours si beaux se peignent,
Un instant je renais au souffle du passé ;
Puis la lumière baisse et mes regrets s'éteignent,
Et je dis, en pleurant ce mirage effacé :
Qui jamais me rendra tant de si douces choses ?
Cette serre au soleil et cet air embaumé,
Ces feuillages brillants, ces fleurs blanches et roses,
Ces lettres, ce cachet au nom du bien-aimé,
Ces battements de cœur, ce secret, ces alarmes,

Ces mots chastes, ardents, répétés et relus ?
Qui me rendra, Seigneur, qui me rendra mes larmes ?
Hélas ! depuis longtemps mes yeux n'en trouvent plus !
Qui donc les desaécha dans leurs sources fécondes ?
Qu'ont donc fait les printemps de tant de jours heureux ?
Les ont-ils emportés avec mes tresses blondes ?
Quand chantent les oiseaux se souviennent-ils d'eux ?
En ces temps de bonheur et de vive jeunesse,
J'aurais ri de pitié si l'on m'eût dit qu'un jour
Je pourrais vivre ainsi, vivre avec la vieillesse,
Vivre sans chant, sans voix, sans rêve, sans amour !

L'arbre croit-il pouvoir exister sans feuillage,
Avant d'avoir connu les frimas et l'hiver ?
Mais qu'importe au vaisseau qui va toucher la plage
Ses grands mâts emportés par les flots de la mer !

LE CŒUR

Vois ce chêne isolé dans les arides plaines,
Où la flamme du chaume a vivement monté,
Abandonnant sa vie aux puissantes haleines
De ce souffle du ciel par Dieu seul arrêté!...
La flamme bondissant de la branche à la branche,
Entoure, en l'entamant, son tronc large et noueux,
Puis, après les brandons, après les cendres blanches,
On voit croître et monter des spirales de feu,
Comme des bras ardents qu'on verrait dans l'espace
Tendus avec effort, encór, toujours plus loin,
Et tombant sans trouver cette divine trace
Dont tout être ressent l'indicible besoin!
C'est l'image du cœur s'élançant à se rompre
Vers cet immense amour rêvé dans l'infini.

Le soir vient, le temps fuit, rien ne peut interrompre
Sa fièvre et ses transports. Comme un divin banni,
Quand il retombe enfin épuisé sur la terre,
Les ailes de la mort lui dérobent le jour.
Il respire un instant, s'enivre de mystère,
Et s'endort pour jamais dans un espoir d'amour!

ASPECT DES NUAGES

Des nuages flottaient aux flancs de la montagne,
Puis tombaient en brouillard sur toute la campagne.
Glacé comme un linceul, le funèbre horizon
Vers le monde des morts entraînait ma raison.
Ces nuages couvrant les sentiers et les pentes,
Me semblaient les débris ou les ombres pleurantes
De nos illusions, de nos vœux confondus,
Des promesses d'amour et des beaux jours perdus.
Dans l'espace brûlant de l'aube matinale,
Ils étaient là, prenant leur vol par intervalle,
Puis le ralentissant, comme si, pour monter,
Ils attendaient quelqu'un qui pût les emporter
Vers un monde meilleur ; quand, splendides mirages,
Viennent se colorer et vivre ces nuages !

Tous ont pris une forme, et leurs blanches vapeurs
Se changent à nos yeux en couronne de fleurs;
L'or, la pourpre, l'iris, l'émeraude, l'orange
Font un bouquet divin que va cueillir un ange.
Qui créa ce chef-d'œuvre? Un rayon de soleil!
Homme, tu vois souvent un miracle pareil,
Car les froides vapeurs et le sombre nuage
Sont tes tristes pensers sans espoir, sans courage;
Puis quand Dieu te regarde et fait naître le jour,
Le rayon qui fleurit les roses, c'est l'amour!

INQUIÉTUDE

Le cœur tremblant d'effroi, les larmes dans les yeux,
Elle vient s'informer des dernières nouvelles,
Et quelqu'un lui répond : « Le mal est dangereux ! »
Sans deviner, hélas ! ses angoisses mortelles.
Pauvre femme ! il lui faut passer sans s'arrêter,
Sans le voir un instant, lui ! le maître ! l'idole !
Passer sous sa fenêtre en craignant d'écouter...
Passer sans prononcer une seule parole !
Qui lui donne des soins ? qui donc est près de lui !
Des étrangers, peut-être, ou bien !.. Mais, que m'importe !
Je ne redoute plus que son mal aujourd'hui.
Et cependant mes yeux sont fixés sur la porte
Et voudraient percer l'ombre ! Étrange sentiment !
Je pleure malgré moi, mais je suis plus tranquille

Lorsque je *la* crois là. Seigneur, un seul moment
Conduisez-moi vers lui ! Dans un rêve fébrile
Je l'ai vu cette nuit ; il m'appelait, et moi
J'accourais en tremblant. Je soulevais sa tête
Dans mes bras ; il disait : « J'avais besoin de toi!
« Qui donc te retenait ? » Mon cœur était en fête ;
Je sentais sur les miens son regard arrêté,
C'était le ciel ! Eh non, mon Dieu ! c'était un rêve !
Mais un rêve peut-être est la réalité,
Puisque songe devient ce que le temps enlève.
Croyons au rêve, entrons ! Mais un ordre fatal
L'enchaîne sur le seuil. Est-ce lui qui m'appelle ?
On disait : « N'entrez pas, il est encore plus mal ! »
Elle reste immobile, et puis pâlit, chancelle !
Que ne puis-je pour lui souffrir ! pour lui mourir
Elle invoque les saints, les anges, la madone,
Et le sol sous ses pas semble trembler et fuir.
Mourir en le sauvant ! et que Dieu me pardonne !

. . . .

Puis son esprit s'égare et sa tête est en feu !...
Comme l'esquif perdu tournoie au fond du gouffre,
On l'entend demander à l'ombre si son Dieu
Est celui qu'elle prie, ou bien celui qui souffre !

CONVALESCENCE ET JALOUSIE

Tu souffres, je le sens! tes frissons et tes fièvres
Brisent aussi mon cœur. Oh! sais-tu, dis-le moi,
Que je baise en esprit chaque mot sur tes lèvres !
Mais tu ne m'entends pas, je suis si loin de toi!

A ton chevet pourtant une femme est assise;
En la voyant ainsi, ne penses-tu jamais
Que si je pouvais être exaucée ou comprise,
Tombant à ses genoux je lui demanderais
De pouvoir te soigner un instant à sa place !
« Laissez-moi l'approcher et ma vie est à vous !
« Ne me refusez pas, oh ! par pitié! par grâce !
« Je vous aimerai tant ! il me serait si doux

« De reposer ma lèvre à sa coupe brûlante,

« Et de laisser mon souffle attiédir par degrés

« Le breuvage calmant... puis de ma main tremblante,

« Approcher les coussins de ses pieds adorés !

« Oh ! pour sentir son front sur mon épaule heureuse,

« Lorsque j'effacerai les plis de l'oreiller,

« Que me demandez-vous ? » Sa bouche dédaigneuse

Me répond : Vous rêvez, il faut vous réveiller !

LETTRES BRULÉES

En avez-vous brûlé quelquefois de ces lettres,
Qui jadis avaient mis un rayon dans vos yeux,
Lorsque vous attendiez des heures aux fenêtres,
Le passage furtif du messager heureux!

Pourquoi l'avez-vous fait? Penché sur cette flamme,
Vous regardiez rêveur disparaître les mots,
Et les derniers parfums, s'exhalant de cette âme,
Des rives du passé vous ramenaient les flots.

Pauvres pages d'amour, si fiévreuses, si tendres!
On dirait que le feu les baise et les connaît!...
Que venez-vous chercher au milieu de leurs cendres?
Est-ce qu'avec l'oubli la jeunesse renaît?

Arrêtez ! la dernière, oui, la dernière lettre,
Celle qui vous donna tant de jours de bonheur !
Dire qu'on fut heureux, hélas ! ce n'est plus l'être !
Éteindrez-vous la flamme, ô larmes de son cœur ?

Non, qu'il n'en reste plus de vestige, de trace !
L'homme ne voit ici que l'horizon d'un jour ;
Avant qu'un souvenir ou s'effeuille ou s'efface,
Il faut toujours brûler une lettre d'amour !

DÉPART

Je partirai demain, un jour me reste à peine,
Le char est prêt, partons pour la ville lointaine;
Donnons un jour encore au sol libre, au soleil!
A l'oubli! Le départ! ce mot me semble un rêve,
C'est sur mes souvenirs le brouillard qui se lève,
Aussi mes yeux étaient humides au réveil!

Non, pas de liberté, d'espace, de silence,
Pas de ces horizons avec leur courbe immense!
Ma pensée y prendrait un essor insensé,
Elle ouvrirait cette aile ardente, impétueuse,
Que je retiens captive avec la main fièvreuse
Qui lutte encore en moi quand le cœur est lassé!

Non, pas de soirs rêveurs dans leur déclin rougeâtre !
Mais la foule et le bruit, les clameurs, le théâtre,
Les chœurs aux mille voix, idoles de Paris !
Du rappel frénétique amenez la tempête,
Submergez ma pensée, et que vos chants de fête,
N'ayant pu l'endormir, en étouffent les cris !

Je partirai demain ! enivrés de lumière,
Les stores verseront dans ma faible paupière
De la création les royales splendeurs,
Les dômes du ciel bleu que les grands monts regardent,
Les lacs ardents, miroirs où les chauds rayons dardent,
Les arbres se penchant vers les buissons de fleurs.

Livrée au mouvement, au tumulte, à la brise,
J'oublierai que je l'aime et que mon cœur se brise !
Ce cri strident, aigu, c'est le sifflet qui fuit,
J'ai cru l'avoir poussé ! Déjà le jour est sombre,
Je puis pleurer du moins, puisque j'entre dans l'ombre.
Tout s'arrête, écoutez !... j'arrive, c'est la nuit !

COURAGE

Entre nous quel abîme a donc creusé nos larmes,
Que notre cœur hésite à franchir son parcours,
Que nous nous éloignons pleins de trouble et d'alarmes,
Et que notre pensée y retombe toujours !

Faisons un noble effort, en voyant que les flammes
Tendent toujours en haut et montent par degrés;
On ne saurait descendre avec certaines âmes,
Dieu garde lés secrets de son but ignoré !

Le matelot sait bien que les blanches étoiles
Ne brillent qu'au ciel pur, et que la grande mer
Ne les verra jamais tromper barques ni voiles,
Pour leur creuser un lit au fond du gouffre amer !

ABSENCE

Que m'importe à présent le couchant ou l'aurore,
Puisqu'il me faut attendre et puis attendre encore
Vainement, et toujours ! Qu'êtes-vous devenu?
Comment interroger l'absence et l'inconnu?

Dans les déserts de l'âme et de la solitude,
Comme un arbre fatal grandit l'inquiétude;
Ne puis-je désormais vous voir, frère adoré,
Qu'en évoquant le songe au mirage doré?

De vos pas dans l'espace aucun bruit ne m'arrive,
Et je n'ose appeler l'écho d'aucune rive.
Peut-être pensez-vous au devoir accompli,
Et marchez-vous dans l'ombre en invoquant l'oubli!

13.

Peut-être cherchez-vous loin de votre demeure
La falaise qui brûle ou l'Océan qui pleure,
Comme si dans nos cœurs le poids de chaque jour
Ne mettait pas assez de larmes ni d'amour !

AMOUR BRISÉ

LE BANQUET D'ADIEU

La salle du banquet s'agite étincelante;
Feuillages, fruits, parfums, lustres aux mille feux,
Tout semble s'animer lorsque sa voix vibrante
Leur traduit sa pensée en élans chaleureux.
On l'entoure, on l'acclame, il va quitter la ville
Le lendemain : « Bravo ! comme il sait de nos cœurs
« Trouver les battements; dans son regard fébrile
« Brillent en même temps les éclairs et les pleurs !»

En effet, en partant la souffrance le brise ;
En vain de son triomphe il cherche à s'enivrer ;
Au milieu des vivats, il n'entend que la brise
Qui, dans les arbres verts, déjà semblent pleurer !
Sous leurs cris prolongés lentement il se lève :
« Recevez tous mes vœux ! à toujours ! à demain ! »
Et comme s'il voulait effacer un long rêve,
Sur son front en sueur il repasse la main.

LA MENDIANTE

En sortant du bosquet, où se dresse la tente,
Il tressaille et s'arrête ! Est-ce une illusion ?
Une femme en haillons tend une main tremblante
Vers lui ! C'est impossible, étrange vision ?
Cette femme ressemble... oh ! ma raison s'envole !
Elle encore, et toujours, en tout lieu je la vois,
Son image est en moi ! Sans dire une parole,
La femme s'approchait une seconde fois...
En donnant son aumône, il la regarde en face ;
Quelle flamme en ses yeux d'ordinaire si doux !
Baisant la pièce d'or dans l'ombre elle s'efface.
Ne pouvoir lui parler sans la perdre ! Est-ce vous ?
Est-ce un rêve ? Laurence ! est-il vrai que la femme
Soit plus forte que l'homme au jour du dévouement ?

Ou qu'elle ait moins d'effroi de montrer une flamme
Qui, venant de plus haut, brûle plus chastement?
Laurence! je te suis, je veux te voir encore
Pour la dernière fois, Laurence, encore adieu!
J'ai gardé le silence, et mon âme t'adore!
Mais ton cœur m'a compris, venir est un aveu.
Dis-moi, tu regardais aux fentes de la tente
Pour chercher sur mon front l'ineffaçable pli
Du souvenir? pour voir si la foule enivrante
Dans la coupe d'honneur m'allait verser l'oubli!

. . . .

Mais que deviendrez-vous, ô ma pure Laurence!
Si des pas indiscrets ont surveillé vos pas?
Faut-il subir la honte ou feindre la démence
Pour expier l'amour? Je ne soupçonnais pas
Cet orage soudain! je croyais à la vie
Toujours en fleurs, toujours en espoir, en bouton,
Sans trouble, sans remords, au devoir asservie,
Faisant luire sur nous son plus chaste rayon.
Oui, mais la passion arrivant à l'ivresse,
Comme un flot éperdu qui submerge ses bords,
La passion marchant dans sa folle tendresse,
Et toute son audace au jour où les transports
Vont éclater enfin! Non, jamais il me semble,
N'avoir pensé, Laurence, à ce fatal moment!

Non, Dieu m'en est témoin, quand nous étions ensemble,
Je croyais n'éprouver qu'un tendre sentiment!

La passion, elle est dans mon âme enfermée,
Comme un grand lion fauve au fond d'un antre obscur.
Mais, dans sa lutte ardente, elle s'est ranimée,
Prenant pour aliment mon appui le plus sûr,
Ma volonté, ma force! elle accroît sa puissance
De mes jours consumés, de mes nuits sans sommeil,
Et dévore en secret jusqu'à ma résistance!
Il faut me l'avouer, c'est l'heure du réveil,
L'heure où le ciel en feu respire la tempête,
Où la fatalité se rit de mes efforts,
Où le cœur, d'un seul bond, peut emporter la tête,
Où je lui laisserais pour adieu des remords!!

. . . .

Pâle, brisée! à bout de force et de souffrance,
Dis, sans te l'avouer peut-être, tu m'attends!
Et je reste!... Il me faut te sauver, ô Laurence!
Il me faut ignorer les pleurs que tu répands!

LA LETTRE

Plus calme une heure après, il écrivait : « Madame,
« Je ne vous verrai plus; je partirai demain!
« Je partirai laissant ici toute mon âme.

« Le vertige me prend et tout flotte incertain
« Autour de ma pensée! En cet instant, Laurence,
« Je doute de moi-même et je *doute de vous*!
« Pardonnez mille fois ce mot qui vous offense,
« Toujours, vous le savez, je vous parle à genoux !
« Tout à l'heure, abusé par un mirage étrange,
« Devant les yeux de tous, mon cœur a cru vous voir !
« Mais ce n'était pas vous, dites, c'était votre ange,
« Qui, pour me consoler, m'est apparu ce soir?
« Puisse-t-il vous avoir reporté ma pensée :
« Celui dont votre amour a pris tout l'avenir
« Mourrait avant de voir votre gloire effacée.
« Non, vous n'avez pas pu, surtout pas *dû* venir ! »

LE LENDEMAIN

Le lendemain encor les amis de la veille
Au devant de ses pas allaient semer des fleurs;
Seul il sortit dès l'aube à l'heure où tout sommeille,
Comme pour recueillir les premières lueurs
Du dernier jour de vie !... Et cette fois la brise
Semblait lui répéter des noms purs et charmants :
O Laure, Béatrix, Lavallière, Héloïse,
Chantiez-vous dans sa voix, dans ses frémissements?
Dormez-vous sous les fleurs quand pleure la rosée ?

Êtes-vous les rayons éclairant tour à tour
Le monde des vivants et le pâle Élysée ?

Mais déjà du manoir il aperçoit la tour,
L'air devient transparent et les couleurs s'allument,
C'est l'émail des prés verts, les genêts aux fleurs d'or;
Puis des blanches maisons les toits rouges qui fument,
Mais dans les nids d'oiseaux rien ne gazouille encor.

Il n'ose s'avancer et regarde aux persiennes.
Qui donc les ouvrira? Te quitter sans te voir !
Tendre vers toi les mains sans rencontrer les tiennes !
Laurence ! voilà donc ce que veut le devoir !
Quelle est cette ombre au fond de l'antique chapelle ?
Il reste sur le seuil en retenant ses pas...
Une voix répétait son nom ! Grand Dieu, c'est elle !
Il s'enfuit en pleurant... elle ne le vit pas !!

LES VIOLETTES

Quand vous refleurirez, violettes de Parme,
Vos parfums feront naître en ses yeux une larme,
C'est en vain que son cœur voudra se refermer,
Ses souvenirs diront : Elle savait aimer !

Vous les rappelez-vous nos courses printannières,
Ces vallons pleins de fleurs écloses les premières
Sous la brise d'avril et le rayon fuyant
Que la pluie entrecoupe et poursuit en riant?

Que de fois vous avez baisé ces violettes !
Dérobant le bouquet à vos lèvres muettes,
Dans mon sein palpitant je les voilais au jour,
Et cachais à la fois le bouquet et l'amour...

Votre nom rend la vie à mes tristes pensées,
Je ne veux plus songer à ces choses passées ;
Mais voyant devant moi les ombres et la nuit,
Je regarde en arrière, où votre image luit...

Oh ! non, pas de reproche, ami ; que vous dirais-je ?
Quel rêve avons-nous fait ? qu'avez-vous cru ? le sais-je ?
Mon bonheur m'a tuée, hélas ! en se brisant !
Je n'aurais plus le temps d'être heureuse à présent,

Puisqu'il me faut mourir ! Parfois à la fenêtre,
Je regarde en tremblant... S'il allait apparaître !
Dit ma folle pensée. Un dernier souvenir,
Une lettre, un seul mot avant de m'endormir !

Mais non, plus rien de vous, et ma tête retombe.
Souffre-t-on de l'oubli lorsqu'on est dans la tombe ?
Sent-on comme aujourd'hui la neige et les frimas ?
Vers les êtres aimés peut-on tendre les bras?...

Quand vous refleurirez, violettes de Parme,
Vos parfums feront naître en ses yeux une larme ;
Au souvenir son cœur ne pourra se fermer ;
Il aura dit trop tard : Elle savait aimer !

LES AILES DES ANGES

Pourquoi, dans vos doutes étranges,
Fermant votre cœur et vos yeux,
Oter jusqu'aux ailes des anges,
Ces charmants messagers des cieux ?

La verge d'or, l'œillet de flamme,
Comme des vœux ardents de l'âme,
Font jaillir leurs chaudes couleurs
Jusque sur les créneaux de pierre,
Où vient la brise printannière,
S'enivrer de molles senteurs.
Mais si les anges n'ont pas d'aile,
Qui donc au front de la tourelle,
Suspend ces couronnes de fleurs ?

Hélas! depuis l'heure suprême,
Où la femme qu'en secret j'aime,
De son regard plein de douceur,
Me dit adieu dans une larme,
Tous mes jours s'épuisent sans charme,
Atteints d'une morne langueur.
Mais si les anges n'ont pas d'aile,
Qui vient mettre un souvenir d'elle
Au plus intime de mon cœur?

Après l'existence éphémère,
Dont les faux bonheurs de la terre
Ont trompé la brûlante ardeur,
De l'amour la source féconde
Viendra combler dans l'autre monde
L'immensité de notre cœur.
Mais si les anges n'ont pas d'aile,
Qui portera l'âme immortelle
Dans la lumière du Seigneur?

LES JOURS D'AUTOMNE

Oh! ne trouvez-vous pas qu'il est des jours d'automne
Où tout semble changer d'aspect autour de nous?
L'eau coulant de la nue et qui tombe et résonne
Sur les feuilles, les fleurs, les mousses, les cailloux,
Semble un bruit de baiser dont le ciel nous enivre.
Puis le soleil paraît et nous nous sentons vivre
Avec intensité. C'est un brûlant regard
Qui s'est ouvert sur nous. Comme après un retard,
Le cœur se précipite et dévore l'espace,
Du passé tout à coup nous retrouvons la trace,
Comme au temps des beaux jours. C'est lui! c'est toujours lui!
C'est son sourire aimé qui dans l'astre avait lui!
Son souvenir est là, dans la nature entière,
Dans la brise, les flots, dans l'ombre, la lumière,

L'or pâle du couchant ou la rosée en pleurs,
Dans ces champs de blé noir splendidement en fleurs,
Sans limite, étendant leur dentelle odorante !
C'est l'ami, c'est l'amant ! le frère qu'on revoit !
A l'arrivée ainsi la pensée haletante
Interroge en tumulte : En quel lieu, quel endroit
Vous cachiez-vous ? Pourquoi me quitter ? M'aimez-vous
Comme autrefois ? Venez, je souffrais tant ! l'espace
Manque pour respirer ! Nous tombons à genoux
Devant la vision qui pâlit et s'efface,
Nous laissant en retour cette réalité
Qui nous glace le cœur en son austérité !

Comme la nuit est sombre ! Avant qu'elle s'achève,
Sous son voile je cherche à retrouver mon rêve !

Je tremble de nouveau comme au bruit de ses pas !
Oh ! cette fois, mon Dieu ! ne me réveillez pas !!!

ALLEZ TROUVER L'ABSENT

Allez trouver l'absent, ô parole tracée !
Mais ne lui traduisez que la voix d'une sœur.
N'allez pas, vous chargeant de toute ma pensée,
Déborder de la page ainsi que de mon cœur !
Ne lui transmettez pas ces parfums de la femme
Qui donnent le vertige et font briller les yeux ;
Ne le réveillez pas, ne touchez qu'à son âme,
Bercez-le doucement comme un écho des cieux !

Ne parlez pas d'ennui, de regrets, de tristesse ;
Qu'il ne sache jamais tout ce que j'ai souffert !
Pas de bonheur rêvé, pas de folle tendresse !
Arrêtez !... Qu'ai-je fait ? Le papier s'est couvert

Malgré moi tout d'un trait... quel indicible charme
Opère en ce moment? La page va finir...
Oh! que pouviez-vous donc, ma plume, contenir?
Il n'a coulé sur vous..., de mes yeux..., qu'une larme!

ELLE ET LUI

C'est un récit d'amour, c'est une simple histoire
D'absence et de bonheur, de nuit sombre et de jour;
Chacun la trouvera dans sa propre mémoire :
C'est l'histoire de tous, qu'une histoire d'amour !

Cette femme était-elle ou bergère ou princesse ?
Quel était de ses yeux le doux rayonnement ?
Qu'importe sa beauté, ses titres, sa richesse ?
C'était la femme aimante avec son jeune amant.

C'était la femme aimée... Oui, la même peut-être
Que vous avez trouvée en prière à l'autel,
Au sein d'un bal brillant, rêveuse à sa fenêtre.
En quel temps ? Je ne sais, l'amour est éternel !

Ensemble ils répétaient toutes ces douces choses
Qui savent enivrer quand fleurit le printemps;
Et le soleil sortait de ses nuages roses,
Comme quitte un lutteur ses habits éclatants!

Pour la première fois s'échappaient de leurs lèvres
De rougissants aveux, et leurs cœurs ingénus
Voyaient croître et monter le courant de ces fièvres
Qui transportent notre âme en des lieux inconnus.

Lui quittait sa patrie et sa chère montagne;
Sans limite à ses yeux l'horison s'étendait.
Il marchait lentement, car *Elle*, sa compagne,
Le conduisait au port où la barque attendait.

Il marchait lentement pendant que dans l'espace
Son œil errant semblait s'enivrer de clarté;
Chagrin, deuil ou départ, dans l'amour tout s'efface;
L'amour seul peut créer le fleuve du Léthé!

Son bonheur le portait, il voyait toute chose,
Sentait tous les parfums, percevait tous les chants,
Distinguait dans les bois la fleur à peine éclose,
Les oiseaux dans leurs nids, l'insecte dans les champs.

La gentiane d'or, la rouge digitale,
L'œillet et l'aconit, brillant sous le soleil,
Lui semblaient des bijoux qu'un lapidaire étale
Aux rayons éblouis sur un fond de vermeil.

Comme des diamants montrant toutes leurs faces,
Les grands monts découpés, échancrés, tailladés,
Lui découvraient aussi leurs fécondes crevasses,
Leurs pentes, leurs coteaux, leurs ravins fécondés.

Le vert sombre des pins, le vert doré des seigles,
Estompaient les gazons, les nuances de jour
Éclairaient les sommets jusques au nid des aigles;
Il avait, pour tout voir, le prisme de l'amour!

Mais le bonheur pâlit et l'ivresse a son terme.
En vain sur cette route on voudrait demeurer;
Le but vient implacable et l'horizon se ferme,
Car naître, c'est partir! Mourir, c'est arriver!

Dirai-je leurs adieux, leurs sanglots? Non, de grâce!
Non, pourquoi rappeler ce souvenir amer?
Ils ont laissé tomber, sans nul écho, sans trace,
Leurs soupirs dans la brise et leurs pleurs dans la mer!

Ce que chacun de nous doit rencoitrer sans cesse,
C'est médaille et revers, c'est aller et retour,
L'âge mûr succédant à l'ardente jeunesse
Et le froid de l'absence aux rayons de l'amour.

II

Elle est seule à présent, un instant elle appelle,
Puis elle cherche encore à l'horizon confus.
Hélas ! de sombre pins dérobent la nacelle,
Déjà son front penché ne se détourne plus.

Sans prendre aucun souci du chemin qu'elle quitte,
Gravissant le sentier sans vouloir s'arrêter,
Elle s'est dit : « Fuyons! » Son pas se précipite,
Mais le poids de son cœur l'empêche de monter !

Des terrains écroulés, des racines pendantes,
Comme une chevelure éparse au vent du soir,
Et l'oiseau qui s'envole, et les sources pleurantes,
Bien loin d'elle ont banni les rêves de l'espoir.

Ce sont les mêmes lieux, c'est la même nature
Qui lui semblait si belle à l'heure du bonheur ;
Plus rien de sa beauté, de sa riche parure !
Les yeux de l'homme, hélas ! ne sont que dans son cœur !

Ils admiraient les fleurs entr'ouvrant leurs calices,
Les bois silencieux de mystères empreints ;
Elle voit sous ses pas d'horribles précipices,
L'arbre déraciné, les cratères éteints.

Et plus elle approchait de ces ardentes cimes,
Plus le sol sous ses pas devenait âpre et nu,
Plus la distance en bas lui creusait des abîmes,
Abîmes de vapeur, de doute, d'inconnu !

La brume s'épaissit de montagne en montagne.
Qui bruit au-dessus d'elle ? au-dessous ? à côté ?
Est-ce l'onde, la plaine ou la fraîche campagne ?
Le brouillard les embrasse en son immensité.

Quand s'éclipse l'amour, tout pâlit, tout s'efface ;
L'horizon s'assombrit comme un vaste linceul ;
L'âme, dans cette nuit, a perdu toute trace,
Plus de terre et de ciel ! nous nous réveillons *seul*.

15

Après avoir passé par cette âpre souffrance,
Comme le flot des mers l'âme s'endormira,
Et quand se lèvera l'aube de l'espérance,
Le regard arrêté sur l'astre, elle attendra !

Alors vient commencer cette anxiété lente
Qui consume la vie en agitant le cœur ;
Cette fièvre éternelle, on la nomme *l'attente*,
C'est notre mal à tous : l'attente du bonheur !

KYRIE ELEISON

Mon âme submergée en des flots de tendresse
Craint cette mort brûlante. Ouvrez, ouvrez vos bras,
Seigneur ! vers vous je crie et toujours et sans cesse,
Mais dans vos cieux profonds vous ne m'entendez pas !

Lorsqu'il est près de moi, pendant ses longues fièvres,
Je lui montre un sourire, où mon cœur et mes lèvres
Cherchent à l'abuser par leur calme imposant.
Mais lorsqu'il m'a quittée, hélas ! en m'accusant,
Sans haleine, sans voix, par la lutte brisée,
Seigneur, à vos genoux, je me couche épuisée !

Dans l'arène autrefois, quand les chrétiens vainqueurs
Tombaient fiers et sanglants, vous éleviez leurs cœurs
Jusqu'au plus haut des cieux ! Par un revers étrange,
Lorsque mon front altier veut lui donner le change,
Mon cœur glisse et me fuit ! Croyez-vous que toujours
Je resterai debout sans appui, ni secours ?
Quand l'arbre est consumé, combien dure une écorce ?

Ne connaissez-vous plus ni l'âme ni sa force ?
Oh ! qu'ils sont loins ces jours où le berger lutteur
Osait se mesurer à votre ange, Seigneur !

ENVOI

Pour la dernière fois, ô laissez-moi, mon livre,
Rassembler vos feuillets, par mes larmes flétris;
    Au souffle du ciel je vous livre,
    Qu'il vous emporte vers Paris!

Je comprends maintenant ces plaintes d'un grand homme,
Du fond d'un sombre exil disant en son émoi :
    « Mon livre, vous irez à Rome !
    « Hélas ! et vous irez sans moi ! »

Arrivez à Paris, ô pages ignorées,
A l'heure où l'hirondelle annonce le printemps,
    Touchez ses rives adorées
    Et mes souvenirs palpitants!

Partez, doux messager d'amour et de tendresse!
Je sens en vous quittant tout mon cœur se briser.
   Oh! de ma lèvre qui vous presse,
   Recevez le dernier baiser!

Un instant laissez-moi vous retenir encore,
Encor vous regarder, encor vous parcourir!
   Serez-vous heureux? Je l'ignore!
   Vous allez naître, et moi mourir!

F I N

TABLE

FIN.

Librairie d'Alphonse LEMERRE, 47, passage Choiseul
à Paris.

POËTES CONTEMPORAINS

Collection format in-18 jésus à 3 fr. le volume.

BIBLIOTHÈQUE ROMANTIQUE

(4671). — Imp. Alcan-Lévy, boul. Clichy, 62.

www.ingramcontent.com/pod-product-compliance
Lightning Source LLC
Chambersburg PA
CBHW070855030726
47504CB00005B/1344